이 책의 주인공은

_____ 입니다.

년   월   일 쓰기 시작하여

년   월   일 완성했습니다.

IT'S MY LIFE

당신이 책을 펴낼 수 있도록
우리가 돕겠습니다

IT'S MY LIFE

이츠 마이 라이프

박미라 한경은 지음

그래도봄

차
례

당신의 이야기를 들려주세요 ○ 008

1 부   글쓰기에 앞서

1. 진심이 담긴 글쓰기 ● 014

2. 생생한 글쓰기 노하우 다섯 가지 ● 022

3. 불편한 경험이 당신을 자극할 때 ● 029

4. 나만의 인생책 구상하기 ● 033

5. 인생 연대표 만들기 ● 036

2 부   다시 쓰는 **It's My Life**

1. 내 인생의 열두 고비 / 042

   ● **목록 만들기** / 046

   첫 번째 고비 / 050

   두 번째 고비 / 054

   세 번째 고비 / 058

   네 번째 고비 / 062

   다섯 번째 고비 / 066

여섯 번째 고비 / 070

일곱 번째 고비 / 074

여덟 번째 고비 / 078

아홉 번째 고비 / 082

열 번째 고비 / 086

열한 번째 고비 / 090

열두 번째 고비 / 094

● **나는 누구인가** / 098

2. **사소하고도 아름다운 일상** / 102

● **목록 만들기** / 106

첫 번째 일상 / 110

두 번째 일상 / 114

세 번째 일상 / 118

네 번째 일상 / 122

다섯 번째 일상 / 126

● **나는 누구인가** / 130

3. **나의 성취** / 134

● **목록 만들기** / 138

첫 번째 성취 / 142

두 번째 성취 / 146

세 번째 성취 / 150

네 번째 성취 / *154*

다섯 번째 성취 / *158*

● **나는 누구인가** / *162*

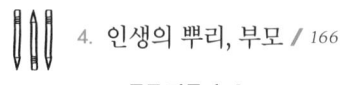

4. 인생의 뿌리, 부모 / *166*

● **목록 만들기** / *170*

첫 번째 부모 이야기 / *174*

두 번째 부모 이야기 / *178*

세 번째 부모 이야기 / *182*

네 번째 부모 이야기 / *186*

다섯 번째 부모 이야기 / *190*

여섯 번째 부모 이야기 / *194*

● **나는 누구인가** / *198*

5. 내 인생의 사람들 / *202*

● **목록 만들기** / *206*

첫 번째 사람 / *210*

두 번째 사람 / *214*

세 번째 사람 / *218*

네 번째 사람 / *222*

다섯 번째 사람 / *226*

● **나는 누구인가** / *230*

6. 마음의 역사 / *234*

● **목록 만들기** / *238*

첫 번째 마음 이야기 / *242*

두 번째 마음 이야기 / *246*

세 번째 마음 이야기 / *250*

네 번째 마음 이야기 / *254*

다섯 번째 마음 이야기 / *258*

● **나는 누구인가** / *262*

7. 마무리 **나는 어떤 사람인가** / *266*

3 부

미리 쓰는 **It's My Life**

1. 10년 후에 ◆ *274*

2. 남겨진 이들에게 ◆ *278*

3. 미래에서 온 편지 ◆ *284*

"당신의 살아온 이야기를 들려주세요."

앞에 앉은 분에게 이렇게 요청하면 대부분 눈을 반짝이며 좋아합니다.

인간에게는 자신의 삶을 이야기로 풀어내고 싶어 하는 욕구가 본능처럼 자리 잡은 것 같아요. 괴로웠든 행복했든 우리는 자꾸 과거로 돌아가 그걸 얘기하고 또 글로 쓰고 싶어 합니다. 이런 우리의 욕구를 '자기통합'이라는 멋진 말로 설명하고 싶습니다. 우리는 우리가 겪은 그 많은 일이, 내 삶에 찾아온 무수한 사람들이 내 인생에서 어떤 의미였는지 알고 싶어 합니다. 발달심리학자면서 자서전 쓰기 전문가인 맥아담스(Dan P. McAdams)는 이런 말을 합니다.

"자서전을 쓰는 가장 큰 이유는 개인적 통합이라는 목표를 이루기 위한 것이다. 조각을 맞추어 의미 있는 하나로 만드는 것이다."

우리는 우리에게 일어나는 일이 인생이라는 큰 그림을 채우는 유의미한 조각이길 바랍니다. 전쟁 같은 매 순간이 모여 이루어진 내 인생이 한 발짝 떨어져서 바라보면 아름다운 한 폭의 그림이었길 소망합니다. 그래서 사람들은 자서전을 씁니다. 실제로 그 바람이 이루어지는 걸 자주 목격합니다. 지나온 삶을 기록하는 데 열중하던 분들이 어느 순간 고개를 들어 이런 말을 합니다.

"그래도 나, 잘 살았네요." "내 자신이 늘 불만이었는데 집중해서 돌아보니 많은 일을 해내면서 열심히 살았더라고요." "내가 왜 그렇게 살았는지, 어떤 사람인지 이제야 좀 알겠어요." "그땐 그럴 수밖에 없었네요." "이젠 나를 용서해주고 싶어요"……

살아온 인생을 정성스럽게 기록하면서 비로소 내가 내 삶의 온전한 주인이 되는 경험을 하기도 합니다. 그동안 닥친 일을 처리하는 데 급급해 늘 인생에 끌려가는 기분으로 살았잖아요. 뿐인가요. 지나온 길이 만족스러워지면 살아갈 길에 대해서도 용기를 내게 되지요. 자서전 쓰기 연구자들은 말합니다. 과거와 현재 삶에 만족하는 사람은 미래에 대해서도 희망을 품게 된다고요. 그래서 우리 인간은 자신의 삶을 누군가에게 말하고 싶어 하고 또 글로 쓰고 싶어 하는 것 같습니다. 자신의 인생을 한 편의 의미 있는 이야기로 만들어보고 싶어서요. 다시 말해 인간이 가진 '자기통합'이라는 욕구 때문이지요.

이 책은 크게 3부로 나뉩니다. 1부는 오리엔테이션과 워밍업입니다. 인생 글을 쓰기 위해 알아야 할 내용을 숙지하고, 당신이 만들 책의 윤곽을 잡게 될 거예요. 2부는 당신의 이야기를 본격적으로 쓰는 공간입니다. 인생을 다양한 측면에서 바라보기 위해 여섯 개의 주제로 나누었습니다. 인생의 고비, 일상, 내가 성취한 것들, 부모, 사람들, 마음이 그것입니다. 이 책이 안내하는 순서에 따라 써도 좋고 또 여러분이 원하는 대로 써도 좋습니다. 다만 한 파트 안에서는 어린 시절부터 시작해서 시간순으로 쓰면 좋습니다.

이 책은 당신이 쓴 글을 거리 두고 다시 읽어보도록 반복해서 요구합니다. 글쓰기를 마칠 때마다 <거리 두고 보기>가 따라오고, 한 파트를 끝내고 나면 자신이 쓴 글을 종합해보는 마무리 작업 '나는 누구인가'가 이어집니다. 이 작업은 과거의 경험에서 거리를 유지하게끔 도와줍니다. 일정한 거리를 두고 바라볼 때 과거의 충격적인 경험에서 보호받고, 보다 큰 안목으로 삶을 바라볼 수 있으니까요. 3부는 앞으로 살아갈 날을 꿈꾸는 공간입니다. 2부를 통해 지난 삶을 정리하고 나면 자연스레 미래가 보일 겁니다.

자, 이제 당신의 살아온 이야기를 들려주세요. 이 한 권의 책을 당신의 삶으로 채워보세요. 사랑하는 사람들이 그 책을 읽고 기념하도록 하세요. 혹은 자신만을 위한 작업이어도 좋습니다. 지난 삶을 되짚어보면서 나를 다시 만나고, 또 오래 기념하기 위해 글을 쓰는 것입니다. 장담하건대 이 책을 쓰는 시간이 당신의 일상에서 가장 행복한 시간이 될 것입니다.

박미라·한경은

1부

글쓰기에 앞서

진심이 담긴
글쓰기

—

Chapter 1

인생을 기록하는 데는 특별한 글쓰기 기술이 필요하지 않습니다. 진심을 담아, 당신의 삶을 누군가에게 이야기해주듯 쓰면 됩니다. 당신의 이야기를 듣고 싶어 하는 누군가를 앞에 앉혀 놓고 이야기하는 거예요. '내 살아온 이야기를 들어볼래?' 하면서요. 그런 마음이면 이야기가 글이 되어 나올 겁니다.

하지만 당신이 좀 더 편안한 마음으로 글을 쓰도록 몇 가지를 안내합니다. 이 책이 안내하는 방법은 글을 멋지게 쓰는 법이 아니고, 글에 진심을 담는 방법입니다. 진심이 담긴 글은 문장력이 뛰어난 글보다 감동적이니까요. 그리고 진심을 담은 글쓰기는 문학적 글쓰기보다 훨씬 쉽습니다. 그저 마음을 열어 가슴에서 흘러나오는 단어를 손으로 옮기면 되니까요. 진심을 담은 글쓰기, 이렇게 해보세요.

Next page

하나

내 얘기를 잘 들어줄
따뜻한 독자를 떠올려라

당신의 살아온 이야기를 들려주고 싶은 사람을 떠올리세요.
지금 생각나는 사람이 있나요? 이 자서전을 쓰겠다고 결심
했을 때 당신은 이미 그런 사람을 떠올렸을지도 모르겠습니
다. 가능하면 그가 당신의 이야기에 온전히 집중하는, 말한
그대로 믿어주는 따뜻한 사람이었으면 좋겠습니다.

꼭 실재하는 사람이 아니어도 좋습니다. 돌아가신 부모님,
내가 좋아하는 드라마의 등장인물, 상상 속의 그여도 좋습
니다.

둘

다짜고짜 시작하라

이야기는 본론부터, 기록하려는 일의 한가운데서 시작하세요. 예를 들면 이렇습니다. '엄마가 집을 나갔다.' '그가 죽도록 미워 몸살이 날 지경이었다.' '친구와 일기를 공유했던 적이 있다.' '의사가 내게 말했다. 검사 결과 암입니다.'

진심과 본질에 닿는 일이 두려워서 긴 서론만 쓰다 이야기를 끝내는 경우가 많습니다. 글쓴이와 독자 누구에게도 가닿지 못하는 글이 되고 마는 거지요. 그러니 첫 문장을 가능하면 가장 핵심적인 말로 시작하세요. 글을 쓰고 싶은 의욕이 불끈 솟아오를 겁니다.

셋

떠오르는 대로 자유롭게 써라

첫 문장을 쓰고 나면 다음부터는 떠오르는 대로 자유롭게 쓰세요. 당신의 머리와 가슴에서 흘러나온 이야기를 그저 받아 적는다는 느낌으로 말이지요. 글을 쓰는데 가슴이 뭉클했다면 그 대목에 좀 더 머물러 써보세요. 더 깊은 내면의 이야기가 흘러나올 겁니다.

넷

객관적 사실과 감정, 생각을
고루 기록하라

일어난 일에 대한 객관적 묘사와 함께 그때 당신이 느낀 감정과 생각을 고루 기록하세요. 언제 어디서 어떤 일이 벌어졌는지, 어떤 장면을 목격했는지 구체적으로 설명하고 그때 당신과 주위 사람들은 어떤 감정을 느꼈으며 무슨 생각을 했는지 쓰는 겁니다. 그렇게 할 때 글쓴이도, 읽는 이도 상황에 대한 보다 깊은 이해가 가능해집니다.

다섯

한 번 글을 쓰기 시작하면
끝날 때까지 멈추지 마라

한 편의 글은 한 번에 다 쓰는 게 좋습니다. 머뭇거리거나 자주 중단하면 이야기를 완성하기 어려워질 수 있어요. 내면의 비판자가 글 쓰는 일을 방해하기 때문이지요. 표현을 더 잘해 봐. 또 그 얘기야? 너무 주관적이라서 남들이 비웃을 거야, 하면서요. 그러니 첫 문장을 쓰고 나면 쉼 없이 글을 써서 완성하세요.

여섯

솔직히, 뜨겁게 써라

숨기고 싶은 일이 있다면 쓰지 않아도 좋습니다. 하지만 밝히고자 하는 일에 대해선 가능하면 솔직하게 털어놓으세요. 그 일에 대해, 무엇보다 그때 당신의 감정과 생각에 대해서요. 인생 이야기는 진실할수록 아름답습니다. 자신의 삶을 뽐내기 위해 이 책을 쓰려는 게 아니라는 사실을 잊지 마세요.

생생한 글쓰기 노하우
다섯 가지

인생 이야기를 글로 쓰는 데 작가적인 문장력이 필요하지는 않습니다. 글을 멋있게 쓰려고 하기보다는 당신의 삶이 생생하게 전달되도록 쓰는 게 더 중요합니다. 인생 글쓰기는 어찌 보면 글로 쓰는 자전적 다큐멘터리입니다. 우리가 다큐멘터리를 좋아하는 이유는 현실을 있는 그대로 보여주는 생생함에 있지요.

인생 이야기를 실감 나게, 생생하게 쓰기 위한 노하우 다섯 가지를 알려드립니다. 글이 실감 날수록 당신의 글을 읽는 독자는 더 빨리 이야기 속으로 빠져들 거예요. 과거 기억이 생생하게 살아날수록 당신에게도 더 치유적일 겁니다. 과거에 우리가 충분히 겪지 못한 일을 다시 경험하기 위해 이 작업을 하고 있기 때문이지요.

자, 다음의 다섯 가지만 기억하세요!

Next page ☞

첫째

구체적으로 묘사하라

중요한 장면을 묘사할 땐 구체적으로 하세요. '빵'이라고 하지 말고 '삼립 크림빵'이라고 하세요. '버스'라고 하지 말고 '36번 버스'라고 하세요. '길거리에서'라고 하기보다는 '현대슈퍼 앞 골목길에서'라고 할 때 이야기가 더 생생해집니다. '엄마가 원피스를 입고'는 '엄마가 찰랑이는 흰색 원피스를 입고' 하는 식이지요. 하지만 모든 문장을 그렇게 할 필요는 없습니다. 한 편의 글에서 중요한 대목의 한두 문장 정도만!

둘째

시대적 배경이나
당시 사회적 사건을 기록하라

당신이 쓰려는 이야기가 많은 사람이 기억하는 어떤 시대적 상황이나 사회적 사건을 배경으로 한다면 그에 대해서도 간단하게 묘사해보세요. 2002년 한국에서 열린 월드컵 경기, 성수대교의 붕괴, 홍콩 배우 장국영의 죽음, 90년대 여학생들 사이에서 유행했던 깻잎머리 등이 그 예가 될 수 있습니다. 개인적 이야기를 집단적 시대상과 함께 기록하면 독자들은 당신의 글을 한층 신뢰하고, 같은 경험을 한 이들의 공감을 얻을 수도 있어요.

셋째

팩트 체크하라

사실을 확인하면 당신의 인생 기록이 더 정확해집니다. 당신이 쓰려는 이야기에 등장하는 사람, 당신의 이야기를 아는 그 누군가에게 당신의 기억이 맞는지, 그의 관점에서는 그 일을 어떻게 경험했는지 물어보세요. 그러면 한 가지 일에 대해 좀 더 정확하고 풍부한 시선을 갖게 됩니다. 하지만 가장 중요한 것은 당신의 관점입니다. 당신의 생각을 지우고, 타인의 관점으로 글을 쓰지는 마세요.

넷째

다양한 형식으로 써라

다양한 형식으로 글을 쓰세요. 꼭 산문일 필요는 없습니다. 시도 좋고, 기억나는 것을 목록으로 정리해도 좋습니다. 누군가에게 부치지 않을 편지를 써도 좋고, 누군가가 당신에게 보내온 가상의 편지를 써봐도 좋습니다. 이를테면 하늘나라에 있는 아버지가 보낸 편지 같은 것입니다. 또 문제의 인물에게 질문하고 답하는 대화 형식의 글도 재미있습니다. 상상력을 총동원해서 다양하게 써보세요.

다섯째

사진이나 그림을 첨부하라

당신의 이야기에 적합한 사진이나 그림을 곁들인다면 더욱
흥미롭고 자료적 가치도 높아질 거예요. 가족이나 어린 시
절 당신의 사진 또는 떠나보낸 강아지 사진도 좋겠지요. 만
약 추억의 물건을 보관하고 있다면 사진으로 찍어서 노트
에 함께 붙여주세요.

단, 글 쓰는 흐름에 방해되지 않는 선에서 작업하세요.

불편한 경험이
당신을 자극할 때

—

글쓰기 수업을 진행하다 보면 어린 시절이 심리적 외상, 즉 트라우마로 점철된 분들을 만나게 됩니다. 어린 시절엔 대부분 가정에서 이같은 일이 발생합니다. 또 어떤 분은 사회적 재난의 직접적인 희생자거나 목격자일 수도 있습니다. 만약 당신이 그런 트라우마의 당사자라면 글을 쓸 때 조심해야 합니다.

사회적 트라우마를 연구한 페니 베이커(James W. Pennebaker)는 글을 쓸 때 '플립아웃 규칙(flip out rule)'을 지키라고 권합니다. 글쓰기를 할 때 자신의 과거 트라우마가 떠올라 감당할 수 없는 감정의 동요나 신체적 고통이 예상되면 바로 글쓰기를 중단하라는 뜻입니다. 이런 분들은 의사와 이 문제에 대해 상의해야 하고 또 상담자와도 충분히 의논한 후에 글쓰기를 시작하는 게 좋습니다.

심리적으로 취약한 상태는 아니더라도 과거의 충격적인 경험을 글로 쓸 때는 여러모로 불편할 수 있습니다. 우울해지거나 평소에 가진 여러 신경증적 신체 증상을 느낄 수도 있습니다. 특히 누군가에게 화가 나서 갑자기 전화 걸어 화풀이하고 싶어질지도 모릅니다. 그러나 그런 감정과 생각은 일시적이라서 당신을 잠시 힘들게 하다가도 이내 사라질 것입니다. 그때까지는 어떤 감정적 행동도 해서는 안 됩니다. 심리학에서는 이것을 '행동화(acting out)'라고 합니다. 일시적으로 일어난 감정을 진짜로 믿어서 해결하기 위한 행동, 일반적으로 공격적인 행동을 표출하는 것을 말합니다. 그런 경우 대체로 후회가 따라오지요.

우리 인간은 인생의 굽이굽이마다 발생한 이런저런 감정을 쌓아둔 채 살아갑니다. 켜켜이 쌓인 과거의 감정과 생각은 이렇게 내면에 잠복해 있다가 불쑥불쑥 고개를 들어 우리를 불편한 상황으로 몰고 갑니다. 우리가 자서전 쓰기를 하는 데는 과거의 감정을 해소하려는 의도도 있습니다. 과거의 기억을 떠올려 글로 쓰면서 감정을 다시 느낀 뒤 놓아주는 것입니다. 그러니 글을 쓸 때 불편한 감정이나 생각이 떠오른다면 호흡과 함께 그것들이 떠나가도록 허용하세요. '나는 지금 화를 느껴. 아버지에게 느꼈던 그 미움이 아직 남아 있었구나. 그 미움을 안고 사느라 참 힘들었겠다.' 이렇게 마음속으로 말하면서 날숨과 함께 천천히 그 마음을 놓아주세요. 빨리 떨쳐버리려고 하지 마세요. 당신이 놓아준다면 감정은 천천히 옅어지다가 종국에는 사라질 것입니다.

이런 불편한 감정을 치유적으로 다루기 위해서 함께 모여 글을 쓰면 좋습니다. 서로의 살아온 이야기에 깊이 개입하지 않는 느슨한 글쓰기 모임, 또는 안내자가 있는 모임이어도 좋습니다.

잔소리는 그만할게요. 여러분은 자신의 인생을 돌아보고 성장하기 위해 이 글쓰기를 선택한 성숙한 분들입니다. 자신을 주의 깊게 보살피면서 글쓰기 작업을 완수하리라 믿어요.

나만의 인생책
구상하기

—

Chapter 4

본격적으로 글을 쓰기 전에, 당신이 쓰고 싶은 책을 미리 상상해보는 시간입니다. 아래 문장의 빈칸을 채워보세요. 만약 어떤 생각도 떠오르지 않는다면 건너뛰어도 좋습니다. 이 책을 완성한 뒤에 다시 이곳으로 돌아와 빈칸을 채우세요.

이 책을 읽어줄 독자는

이었으면 좋겠다.

이 책을 쓰는 이유는

이 책에서 하고 싶은 이야기는

이 책의 제목과 부제목을 미리 생각해본다면

제목

부제목

지음

인생 연대표
만들기

一

Chapter 5

연대표 작성은 인생책 쓰기의 얼개를 만드는 작업입니다. 태어난 날로부터 시작해서 당신에게 의미 있는 크고 작은 일을 시간순으로 정리해보는 겁니다. 나의 출생, 동생의 출생, 초등학교 입학, 전교 회장이 되다, 아버지의 퇴직, 부모님의 부부싸움, 할머니가 돌아가셨다, 결혼, 첫째 아이 출산 등등으로요. 가능하면 시기를 정확하게 표기하는 게 좋으니 여러 가지 자료를 찾아보면서 일대기를 완성하세요.

이렇게 자신의 일대기를 연대표로 작성하다 보면 잊었던 일들이 떠오르고 과거에 느꼈던 감정이 되살아날 거예요. 무엇보다 당신이 이후에 본격적으로 쓰게 될 글이 언제 어떤 맥락에서 일어난 일인지 알게 될 겁니다.

자 이제, 연대표를 완성하세요.

Next page 👉

인생 연대표

순서	무슨 일이 있었나?

언제인가?	메모

다시 쓰는
It's My Life

내 인생의

열두 고비

Chapter 1

글쓰기 행위가 일시적으로는 우리에게 고통을 줄지도 모르지만 북잡한 방식으로 사고를 조직하고 느낌을 표출해야 자신을 표현하는 글쓰기는 궁극적으로 우리를 희망으로 이끈다.
로렌스 두렐 Lawrence Durrell

산에 오르는 일을 인생에 비유하곤 합니다. 오르막길이 시작됐다가 다시 내려가기도 하고 또 얼마간은 평평한 길을 걸어갈 때도 있습니다. 내려가는 길이나 평평한 길을 걸을 땐 행복하고 평화로운 기분을 느끼며 '그래, 산에 오길 잘했어' 생각하게 되지요. 하지만 오르막길은 어떤가요. 산의 정상까지 가기 위해선 반드시 넘어야 하나 가능하면 피하고 싶은 길입니다. 다리도 부러질 듯 아프고, 숨이 차오르며 땀이 비 오듯 쏟아집니다. 어떤 고비는 숨이 끊어질 것처럼 힘들어서 '깔딱 고개'라고도 하지요. 그땐 정말 온몸의 힘을 짜내서 그 고개를 넘어야 합니다.

이 책에서는 산의 고갯길과 유사한 우리 인생의 고된 시간, 그리고 절정의 시간을 '인생의 고비'라고 이름 붙였습니다. 당신은 이제까지 얼마나 많은 인생의 고개를 넘었습니까? 당신의 인생길에 존재했던 고비는 어떤 모습이었나요? 평지가 적절하게 교차되는 비교적 평탄한 오르막이었나요? 가도 가도 끝이 없는 가파른 길이었을까요? 암벽을 오르는 기분으로 살아야 했던 건 아닌가요? 또 어떤 고비는 두려움과 억울함의 눈물을 삼키며 넘었을 수도 있습니다.

행복했든 고통이었든, 인생의 고비는 우리 생에서 절대 잊을 수 없는 굵직한 경험이고 사건입니다. 지금의 나를 만드는 데 가장 큰 영향을 미친 일을 말합니다. 여기까지 오도록 당신을 안내한 운명적인 일이라고 말해도 좋습니다. 인생의 열두 고비는 앞으로 쓸 인생 이야기의 기둥이면서 골격 같은 것입니다. 매우 중요한 작업이지요. 큰 사건들을 기록하는 일이 숨 가쁠 수도 있습니다만 이 작업을 마치고 나면 다음 파트의 글쓰기가 한결 수월해지고, 자신의 삶을 수용하는 폭도 넓어집니다.

첫 번째 작업은 여러분이 경험한 열두 고비를 목록으로 작성하는 일입니다. 그 작업을 마치면 첫 번째 인생의 고비부터 시간 순으로 써나갑니다. 한 고비를 쓴 후에는 그 시절, 그 사건에 대해 생각해보는 시간을 적어도 하루 이상 갖길 권합니다. 그러니 하루에 한 고비 이상 쓰지 않는 게 좋습니다.

과거에 겪었던 일을 글로 옮기는 작업은, 과거 그 시절로 돌아가서 기억 속의 그 일을 다시 경험하는 걸 의미합니다. 인생의 큰 사건을 재경험하는 일은 심리적으로 힘이 많이 듭니다. 행복했어도 큰 사건이었다면 분명히 그곳에 강렬한 감정이 배어 있을 거예요. 강렬한 감정은 무엇이든 우리에게 충격이 됩니다. 그 충격적인 일들을 글로 옮기다 보면 과거 경험의 여진을 느끼게 됩니다. 그때 느꼈던 놀라움, 두려움, 환희감, 분노 등을 글로 쓰면서 다시 경험하는 것이지요. 그러니 여유를 가지고 조심스럽게, 천천히 음미하면서 작업하기 바랍니다. 경험이 너무 강렬하다면 앞서 1부 3장에서 안내한 대로 잠시 글을 멈추고 기분을 회복한 뒤 다시 써나가세요. 의사나 상담사와 상의하는 것도 권합니다.

당신의 인생에 영향을 미친 큰 사건 중에서 기억하지 못하는 일들이 있을 수 있습니다. 너무 어린 시절 일어났거나 직접 목격하지 못한 일이 그것입니다. 당신이 태어난 일도 그런 것입니다. 전해 들은 그 이야기에 당신의 상상력을 더해 써보세요.

이제 시작하세요. 당신을 응원합니다.

목록 만들기

앞서 작성한 연대표 중에서 당신이 생각하는 인생의 열두 고비를 골라 목록으로 작성해보세요. 당신이 태어난 일을 첫 번째 고비로 기록하는 걸 권합니다. 우리 인생에서 내가 태어난 일만큼 큰 사건이 없을 테니까요. 각각의 고비가 있었던 시간(몇 년이었고 어떤 계절이었는지)과 장소(나라와 지역명 등)를 기록해 둔다면 삶의 흐름을 보는 데 도움이 될 겁니다.

'겨우 열두 고비라고?' 혹은 '열두 개씩이나 적어야 한다고?' 하는 분도 있을 거예요. 기억나는 것이 열두 개 이상이라면 목록으로 모두 정리한 뒤 열두 가지만 골라내세요. 열두 개보다 적으면 생각나는 만큼만 정리하고요. 글을 쓰다 보면 또 다른 일이 기억날 겁니다. 그러면 그때그때 목록에 추가하세요. 다음의 예시를 참고한 뒤 당신의 열두 고비를 완성하세요.

예) · 내가 태어났다.

· 동생이 태어났다.

· 2년간의 할머니댁 생활

· 엄마가 "괜찮아"라고 말했다.

· 원하던 대학에 떨어졌다.

· 첫 직장에 입사하다.

· 결혼했다.

· 아버지의 죽음

· 첫째가 태어났다.

· 우울증이 깊어졌다.

내 인생의 열두 고비 목록

첫 번째

고비에 제목(이름)을 붙인다면?

그때가 언제였지?

거기가 어디더라?

두 번째

고비에 제목(이름)을 붙인다면?

그때가 언제였지?

거기가 어디더라?

세 번째

고비에 제목(이름)을 붙인다면?

그때가 언제였지?

거기가 어디더라?

네 번째

고비에 제목(이름)을 붙인다면?

그때가 언제였지?

거기가 어디더라?

다섯 번째

고비에 제목(이름)을 붙인다면?

그때가 언제였지?

거기가 어디더라?

여섯 번째

고비에 제목(이름)을 붙인다면?

그때가 언제였지?

거기가 어디더라?

성장 고비

고비에 제목(이름)을 붙인다면?

그때가 언제였지?

거기가 어디더라?

성장 고비

고비에 제목(이름)을 붙인다면?

그때가 언제였지?

거기가 어디더라?

성장 고비

고비에 제목(이름)을 붙인다면?

그때가 언제였지?

거기가 어디더라?

성장 고비

고비에 제목(이름)을 붙인다면?

그때가 언제였지?

거기가 어디더라?

성장 고비

고비에 제목(이름)을 붙인다면?

그때가 언제였지?

거기가 어디더라?

성장 고비

고비에 제목(이름)을 붙인다면?

그때가 언제였지?

거기가 어디더라?

첫 번째 고비

인생의 열두 고비에서 첫 번째 고비를 기록하는 시간입니다. 앞서 이야기했듯 당신의 출생에 관한 이야기로 시작하는 걸 권합니다만 다르게 시작하고 싶다면 그 또한 좋습니다. 당신의 책이니 당신 마음대로 할 수 있습니다.

제목

글쓰기

....

....

....

....

....

....

....

....

....

....

거리 두고 보기

1 그 일에 대해 아쉬운 점이 있다면?

2 이 고비를 넘을 수 있게 해준 당신의 힘은 무엇인가요?

3 그 일을 겪었던 당시의 자신을 위로하고, 잘 이겨냈다고 칭찬해주세요.

내 인생의　　　　　두 번째 고비

당신이 맞닥뜨린 두 번째 고비는 무엇인가요? 당신은 그때 몇 살이었고, 무엇을 경험했습니까? 당신의 이야기를 들려주세요. 글을 다 쓴 뒤에는 〈거리 두고 보기〉를 꼭 작성하세요.

제목

글쓰기

거리 두고 보기

1 그 일에 대해 아쉬운 점이 있다면?

2 이 고비를 넘을 수 있게 해준 당신의 힘은 무엇인가요?

3 그 일을 겪었던 당시의 자신을 위로하고, 잘 이겨냈다고 칭찬해주세요.

내 인생의　　　세 번째 고비
_____

당신의 인생에 등장한 세 번째 고비는 무
엇인가요? 어떤 이야기가 그 고비에 담겼
나요? 그때 당신은 어떤 모습이었습니까?

제목

글쓰기

1 그 일에 대해 아쉬운 점이 있다면?

2 이 고비를 넘을 수 있게 해준 당신의 힘은 무엇인가요?

3 그 일을 겪었던 당시의 자신을 위로하고, 잘 이겨냈다고 칭찬해주세요.

네 번째 고비

지금 당신은 열두 고개 중에서 3분의 1을 지나고 있습니다. 파이팅! 네 번째 고비에서는 어떤 이야기가 펼쳐질지 무척 궁금해집니다.

제목

글쓰기

거리 두고 보기

1 그 일에 대해 아쉬운 점이 있다면?

2 이 고비를 넘을 수 있게 해준 당신의 힘은 무엇인가요?

3 그 일을 겪었던 당시의 자신을 위로하고, 잘 이겨냈다고 칭찬해주세요.

다섯 번째 고비

당신이 넘은 다섯 번째 고비에 대해 이야기해보세요. 당신은 그때 몇 살이었고, 어떤 일이 있었나요? 오늘도 진솔한 당신의 이야기를 기다립니다.

제목

글쓰기

거리 두고 보기

1 그 일에 대해 아쉬운 점이 있다면?

2 이 고비를 넘을 수 있게 해준 당신의 힘은 무엇인가요?

3 그 일을 겪었던 당시의 자신을 위로하고, 잘 이겨냈다고 칭찬해주세요.

내 인생의　　　　　여섯 번째 고비
_____

이제 여섯 번째 고비를 이야기할 차례입니
다. 이번엔 어떤 이야기가 펼쳐질까요? 그
때 당신은 어떤 모습이었습니까? 당신의
뜨거운 이야기를 들려주세요.

제목

글쓰기

거리 두고 보기

1 그 일에 대해 아쉬운 점이 있다면?

2 이 고비를 넘을 수 있게 해준 당신의 힘은 무엇인가요?

3 그 일을 겪었던 당시의 자신을 위로하고, 잘 이겨냈다고 칭찬해주세요.

내 인생의   일곱 번째 고비
_____

드디어! 절반의 고비를 넘어 여기까지 왔
습니다. 자신의 삶을 끈기 있게 기록한 당
신에게 박수를 보냅니다. 이제 일곱 번째
이야기를 쓸 때입니다. 어떤 일이 있었고,
무엇을 경험했는지 들려주세요.

제목

글쓰기

거리 두고 보기

1 그 일에 대해 아쉬운 점이 있다면?

2 이 고비를 넘을 수 있게 해준 당신의 힘은 무엇인가요?

3 그 일을 겪었던 당시의 자신을 위로하고, 잘 이겨냈다고 칭찬해주세요.

여덟 번째 고비

여덟 번째 인생의 고비에 대해 이야기해보세요. 어떤 고비였나요? 이 고비를 넘을 때 당신은 어떤 상황이었습니까? 어떻게 이 고비를 경험했나요?

제목

글쓰기

거리 두고 보기

1   그 일에 대해 아쉬운 점이 있다면?

2   이 고비를 넘을 수 있게 해준 당신의 힘은 무엇인가요?

3   그 일을 겪었던 당시의 자신을 위로하고, 잘 이겨냈다고 칭찬해주세요.

내 인생의　　　　　아홉 번째 고비
_____

당신의 아홉 번째 고비는 무엇에 관한 이
야기입니까? 어떤 일이 일어났고 또 그때
당신 마음은 어땠습니까? 당신의 이야기
를 들려주세요.

제목

글쓰기

_____

_____

_____

_____

_____

_____

_____

_____

_____

거리 두고 보기

1 그 일에 대해 아쉬운 점이 있다면?

2 이 고비를 넘을 수 있게 해준 당신의 힘은 무엇인가요?

3 그 일을 겪었던 당시의 자신을 위로하고, 잘 이겨냈다고 칭찬해주세요.

내 인생의   열 번째 고비
___

와~ 열 번째 고비까지 왔습니다! 이제 얼마 남지 않았네요. 인생에서 당신이 경험한 열 번째 고비는 무엇이었나요? 자, 시작하세요.

제목

글쓰기

거리 두고 보기

1 그 일에 대해 아쉬운 점이 있다면?

2 이 고비를 넘을 수 있게 해준 당신의 힘은 무엇인가요?

3 그 일을 겪었던 당시의 자신을 위로하고, 잘 이겨냈다고 칭찬해주세요.

내 인생의　　　　열한 번째 고비
_____

오늘은 열한 번째 인생의 고비에 대해 쓰
는 날입니다. 열두 고비의 완주를 눈앞에
두었네요. 자, 숨을 한두 번 크게 쉬고 당신
이 경험한 열한 번째 고비를 글로 기록해
보세요.

제목

글쓰기

거리 두고 보기

1 그 일에 대해 아쉬운 점이 있다면?

2 이 고비를 넘을 수 있게 해준 당신의 힘은 무엇인가요?

3 그 일을 겪었던 당시의 자신을 위로하고, 잘 이겨냈다고 칭찬해주세요.

내 인생의　　　　　　열두 번째 고비
_____

당신 인생의 마지막 고비를 이야기할 차례
입니다. 드디어 마지막까지 왔습니다. 만
만치 않은 작업을 완수한 당신 자신을 칭
찬해주세요. 그리고 글쓰기를 시작하세요.
아자!

제목

글쓰기

거리 두고 보기

1 그 일에 대해 아쉬운 점이 있다면?

2 이 고비를 넘을 수 있게 해준 당신의 힘은 무엇인가요?

3 그 일을 겪었던 당시의 자신을 위로하고, 잘 이겨냈다고 칭찬해주세요.

나는 누구인가

지금까지 열두 개의 고비를 하나씩 기록하면서 나무 한 그루 한 그루를 살폈다면 이번엔 인생이라는 숲 전체를 관조하는 시간입니다. 당신이 쓴 열두 고비의 글을 차례로 읽으면서 표를 완성하세요. <거리 두고 보기>를 참고하면 좋아요. 한눈에 파악할 수 있도록 짧은 문장 또는 한두 개의 단어로 간단하게 정리하세요. 열두 고비를 모두 정리했다면 작업한 표의 내용을 종합해서 <전체 보기>를 완성해보세요.

글 제목
1
2
3
4
5
6
7
8
9
10
11
12

전체 보기

열두 고비의 제목을 관통하는 하나의 제목

한눈에 보는 내 인생의 열두 고비

아쉬운 점은?	이 고비를 넘은 당신의 힘은?	이 고비를 넘으면서 얻은 교훈은 무엇인가?
인생에서 가장 자주 느낀 감정	당신의 주요한 내면의 힘	인생의 열두 고비가 당신에게 남긴 의미나 교훈을 하나로 만들면?

당신은 어떤 사람입니까?
아래 문장의 빈칸을 채우세요.

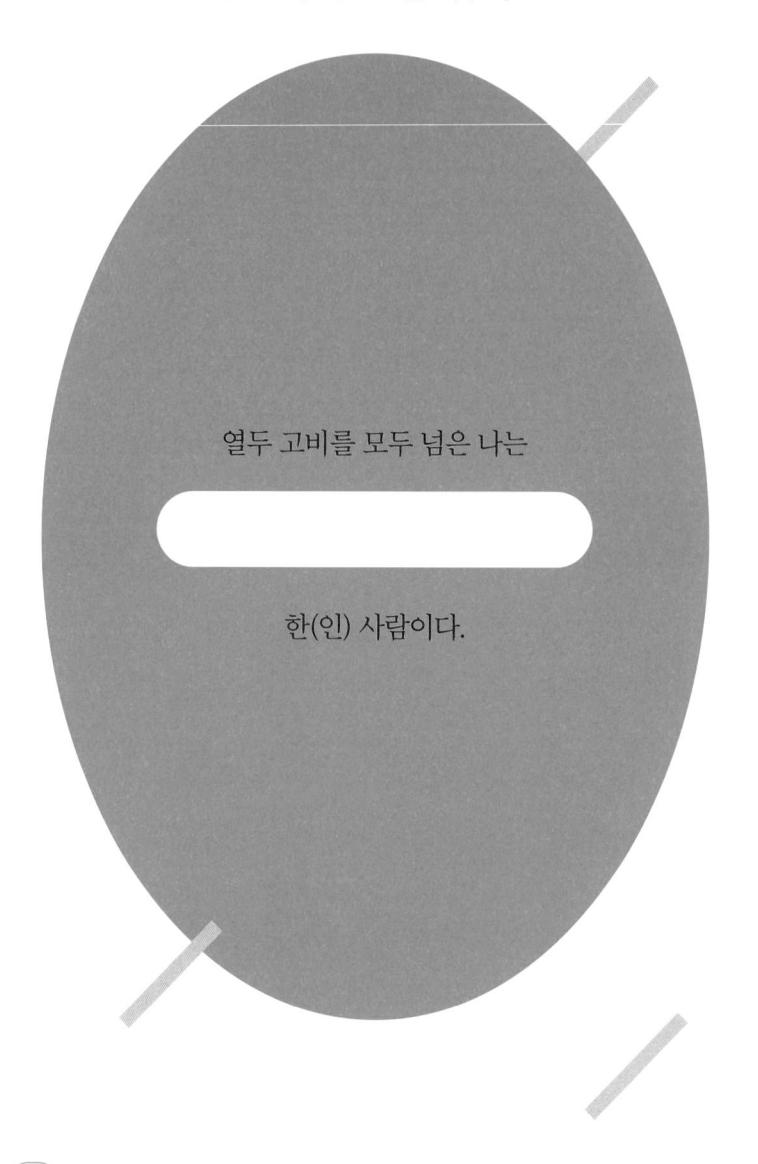

열두 고비를 모두 넘은 나는

한(인) 사람이다.

왼쪽에 완성한 문장을 시작으로 자유롭게 글을 써보세요. 편지, 시, 에세이 등 어떤 형식도 좋습니다. 그림을 그리거나 콜라주 작업으로 페이지를 멋지게 꾸미는 것도 좋아요.

열두 고비를 모두 넘은

나는 _____ 한(인) 사람이다.

Chapter 2

안 끎 고 너 으 노

도서와 도

행복해지는 데는 얼마나 작은 것으로도 충분한가! 더할 나위 없이 작은 것, 가장 미미한 것, 가장 가벼운 것, 도마뱀의 바스락거림, 한 줄기 미풍, 찰나의 느낌, 순간의 눈빛… 이 작은 것들이 최고의 행복에 이르게 해준다.

니체(Friedrich Wilhelm Nietzsche)

'결정적 순간'이라는 말을 들어보셨지요? 사진계의 거장인 앙리 카르티에 브레송(Henri Cartier-Bresson)의 작품집 이름인데, 이제는 관용구가 되었습니다. 브레송의 결정적 순간은 결코 대단한 장면이 아닌 평범한 일상의 한순간을 잡아챈 장면들입니다. 이 사진들이 아름다운 이유는 우리가 놓치고 있던 '평범함'이나 '보통'의 찰나를 보여주기 때문이지요. 일상은 매일 반복되는 삶의 가장 중요한 일부입니다. 일상이 모여 삶 전체가 되니까요. 구체적인 삶의 모습은 일상을 통해서만 드러납니다. 하지만 우리는 되풀이되기 때문에 익숙하고, 너무나 익숙해서 지루하다고 치부하면서 종종 일상을 홀대하기도 합니다. 삶의 특별한 순간들조차 일상의 토대 위에서 생긴 사건임을 잊지 마세요.

우리는 대체로 강렬한 감각이나 감정을 일으켰던 사건을 기억합니다. 인간의 뇌가 위기 시 생존을 목적으로 세팅되었으니 어쩌면 당연한 일입니다. 하지만 큰 고비를 넘을 수 있도록 우리 삶을 지탱해준 것은 지극히 평범한 일상이었습니다. 고난의 시기를 지날 때도 밥을 먹고 잠을 잤으며, 아침 해를 보며 아주 잠깐씩이나마 희망을 느끼기도 했으니까요. 잔잔하고 소소한 것들을 가만히 들여다보면 행복해집니다. 뻔하거나 대단하지 않은 것, 눈에 잘 띄지 않고 지극히 평범한 것, 끊임없이 이어지는 사소한 무엇, 큰 사건을 떠받치는 작은 사건들에 주목해보세요. 바로 거기에 페르소나를 벗은 우리의 진짜 모습이 깃들어 있어요.

사소한 일들 속에서 내가 어떤 모습이었는지 돌아보세요. 친구들과 아카시아꽃을 따먹던 기억, 종이 인형을 오리며 행복했던 장면, 실내화를 분필로 칠해 하얗게 만들던 일, 초등학교 입학 선물로 받은 사파 연필깎이에 관하여, 내가 좋아하는 커피나 차, 향기를 다시 음미해도 좋겠습니다. 일상의 이야기는 무궁무진해요. 한두 방울의 물이 수십 년 같은 자리에 떨어지면 바위에 홈을 내잖아요. 삶에서 펼쳐졌던 작은 일들이 내 삶을 이루고 있다는 것을 기억하세요.

작고 사소한 것들에 귀 기울이는 글쓰기 방법으로 1부 1장에서 안내한 '구체적으로 묘사하기'를 권합니다. 어떤 장면이나 인물의 특성, 내가 느꼈던 순간의 감정 등을 오감을 이용해 표현해보세요. 냄새, 색깔, 촉감, 소리를 담아보세요. 지명이나 사물의 이름, 수치 등을 구체적으로 표현할수록 생생한 글이 됩니다. 예를 들어 '내가 살던 동네'보다 '내가 살던 연희동 산동네'라고 쓰거나, '아이스크림을 먹었다'보다 '투게더 아이스크림을 먹었다'로, '며칠간'이라고 하기보다 '사흘 밤낮'이라고 써보는 겁니다. 글 전부를 이렇게 쓸 필요는 없고 중요한 특정 장면에 적용하면 됩니다. 이렇게 쓰다 보면 그때의 사소한 장면이 더 아름답게 느껴지고, 예전엔 미처 몰랐던 소중함도 깨닫게 될 거예요.

아름다운 기억을 쓰려고 했는데 슬픈 이야기가 나온다 해도 괜찮습니다. 사실 아름다움이란 게 약간의 슬픔이 배어 있기도 하고, 그런 것이 더 감동적이기도 하니까요. 빛은 어둠이 배경이 될 때 더욱 빛납니다. 당신 삶에 늘 존재했던 빛과 어둠을 모두 끌어안으며 글로 표현하세요.

목록 만들기

어린 시절부터 지금까지 일상에서 수없이 일어났던 일, 어찌 보면 뻔하고 대단할 것 없어 보이는 일 중에서 기록해두고 싶은 장면을 순서대로 정리해봅니다. 어릴 적 친구들과 놀던 기억, 추억의 음식이나 나만의 취미 활동, 나만의 습관, 내가 좋아하는 것, 하루 중 가장 좋아하는 때, 또는 남몰래 눈물 훔쳤던 일, 직장에서 경험하는 사소한 즐거움 등 무엇이든 좋습니다. 다음의 예시를 참고한 뒤 당신의 사소하고도 아름다운 일상을 기록해보세요.

예)

· 감나무 아래 평상에서 식구들과 먹던 쌈밥은 너무 맛있었다.

· 길가에 올망졸망 핀 토끼풀로 꽃반지를 만들었다.

· 밤마다 마당에 있는 화장실에 가기가 너무 무서웠다.

· 아빠는 오빠 몰래 나에게만 보름달 빵을 사주셨다.

· 점심시간마다 테라스에서 커피를 마시며 수다를 떨었다.

· 엄마 지갑에서 돈을 훔쳐 달고나 할아버지네 가게에 가곤 했다.

· 가난했던 시절, 나는 엄마에게 '하얀 밥'이 먹고 싶다고 했다.

· 자취할 때 제발 연락 좀 하라는 아빠의 편지를 받았다.

· 자율학습을 끝내고 집에 가는 밤, 눈물이 터지고 말았다.

· 우리 집에 자동차가 생긴 날, 가족들과 강변 드라이브를 했다.

사소하고도 아름다운 일상 목록

첫 번째 일상

어떤 장면인가요?

그때의 감정은?

두 번째 일상

어떤 장면인가요?

그때의 감정은?

세 번째 일상

어떤 장면인가요?

그때의 감정은?

네 번째 영상

어떤 장면인가요?

그때의 감정은?

다섯 번째 영상

어떤 장면인가요?

그때의 감정은?

사소하고도 아름다운 첫 번째 일상

일상의 역사 기록하기, 첫 번째입니다. 가능하면 어린 시절부터 써보세요. 순수했던 그 시절의 당신은 어떤 아이였나요? 무엇을 좋아했나요? 당신의 이야기가 궁금합니다. 신나게 쓰세요. 이번 <거리 두고 보기>에서는 그 시절 느낀 감정을 색으로 표현해보세요. 경험이 나만의 고유한 색으로 살아나는 걸 지켜보세요.

제목

글쓰기

거리 두고 보기

1 그 시절 나에게 해주고 싶은 말은?

2 그 시절 내가 느낀 감정은 ＿＿＿＿＿＿＿＿＿＿＿ 이다.

   그것은 ＿＿＿＿＿＿＿＿＿＿＿ 한 색을 닮았다.

3 글을 쓰면서 새롭게 알게 된 것은?

사람들에게 내보이기 부끄럽거나 초라한 이
야기라도 쓰는 걸 주저하지 마세요. 나의 경
험을 좋거나 안 좋은 것으로 판단하지 말고,
경험 그 자체를 있는 그대로 존중해주세요.

제목

글쓰기

거리 두고 보기

1 그 시절 나에게 해주고 싶은 말은?

2 그 시절 내가 느낀 감정은 _____ 이다.

   그것은 _____ 한 색을 닮았다.

3 글을 쓰면서 새롭게 알게 된 것은?

당신의 아름답고 사소한 세 번째 이야기는
무엇인가요? 그때는 보거나 느끼지 못했지
만 글쓰기를 하면서 새롭게 알게 될 것에 호
기심을 가져보세요. 당신의 삶이 더욱 풍성
해질 겁니다.

제목

글쓰기

1 그 시절 나에게 해주고 싶은 말은?

2 그 시절 내가 느낀 감정은 _____ 이다.

그것은 _____ 한 색을 닮았다.

3 글을 쓰면서 새롭게 알게 된 것은?

사소하고도 아름다운 네 번째 일상

일상 글쓰기를 통해 당신에 대한 이해가 깊어졌나요? 그때 좋아하던 것을 지금도 좋아하나요? 여전히 그것들을 향유하며 살아가나요? 자신과 진솔하게 만나보세요.

제목

글쓰기

거리 두고 보기

1 그 시절 나에게 해주고 싶은 말은?

2 그 시절 내가 느낀 감정은 _____ 이다.

   그것은 _____ 한 색을 닮았다.

3 글을 쓰면서 새롭게 알게 된 것은?

사소하고도 아름다운 다섯 번째 일상

사소하고도 아름다운 일상, 마지막 글을 쓸 차례입니다. 삶의 기반이 되는 일상에서 당신의 다채로운 모습을 만났을 겁니다. 어떤 모습이었든 당신 삶을 살아낸 자신을 칭찬해 주세요.

제목

글쓰기

1 그 시절 나에게 해주고 싶은 말은?

2 그 시절 내가 느낀 감정은 _____ 이다.

   그것은 _____ 한 색을 닮았다.

3 글을 쓰면서 새롭게 알게 된 것은?

나는 누구인가

작은 것들은 오래 봐야 예쁘고, 자세히 들여다봐야 더 새롭게 보입니다. 지금까지 한 그루 한 그루의 나무를 만났다면 마무리 작업에서는 숲 전체를 볼 거예요. 당신 삶에 스민 당신만의 일상의 결과 색을 탐색해보세요. 짧은 문장 또는 한두 개의 단어로 간단하게 표를 완성하세요. 〈거리 두고 보기〉를 참고하면 좋아요. 다섯 번의 일상을 모두 정리했다면 작업한 표의 내용을 종합해서 〈전체 보기〉를 완성해보세요.

글 제목

1

2

3

4

5

전체 보기

다섯 편의 글을 하나로 묶는
전체 제목

한눈에 보는 사소하고도 아름다운 일상

이 일상에서 느낀 감정은?	이 일상을 색깔로 표현한다면?	이 일상에서 당신은 어떤 사람인가?

일상에서 가장 자주, 혹은 강렬하게 느끼는 감정은?	내 일상은 주로 어떤 색인가?	나는 일상에서 어떤 사람인가?

당신은 어떤 사람입니까?
아래 문장의 빈칸을 채우세요.

사소하고도 아름다운 일상을 돌아볼 때 나는

한(인) 사람이다.

왼쪽에 완성한 문장을 시작으로 자유롭게 글을 써보세요. 편지, 시, 에세이 등 어떤 형식도 좋습니다. 그림을 그리거나 콜라주 작업으로 페이지를 멋지게 꾸미는 것도 좋아요.

사소하고도 아름다운 일상을 돌아볼 때

나는 ＿＿＿＿＿＿＿＿＿＿＿＿＿ 한(인) 사람이다.

Chapter 3

내 인생

쓰기

진정으로 우리가 원하는 것은 바로 우리의 진솔한 삶에 대한 기록이다. 자꾸 의심이 드나면 큰 소리로 자신에게 외쳐 보라. "이건 내 이야기다. 그리고 이걸 쓸 수 있는 사람은 바로 나뿐이다!"

린다 스펜스 *linda Spence*

지금까지 인생의 열두 고비와 소소한 일상의 장면을 기록했습니다. 굵직한 사건들을 겪으며 얻은 깨달음과 그것들을 가능하도록 떠받치던 일상의 소중함과 만났을 겁니다. 그 과정을 모두 통과했으니 당신 삶에는 이루고 지켜낸 것들이 반드시 있을 거예요. 이번 글쓰기 주제는 '나의 성취'입니다. 지금까지 살면서 이룬 내 인생의 업적, 성과물, 관계, 물질 등 당신이 만들거나 달성한 모든 것이 소재가 될 수 있어요.

우리는 대개 해야 한다고 여기는 것을 잘 마쳤거나, 무언가 열심히 해서 좋은 성과를 내면 중요한 사람에게 보상받기를 바랍니다. 보상이란 인정이나 칭찬, 감사의 표현, 존경 같은 것도 포함되지요. 만약 중요한 타인에게 내가 원하는 보상을 받지 못했다면 스스로가 자신의 성취를 과소평가하기도 합니다. 당신 자신이 먼저 인정해주고 대접하는 게 중요해요. 그러면 남들도 당신을 그렇게 대하게 됩니다.

사실 우리에게는 성취한 것에 대해 이야기하고 싶어 하는 욕구가 있습니다. 이 파트에서 '내가 잘한 일'들을 충분히 뽐내 보기 바랍니다. 남들이 엄지척해줄 만한 대단한 것이 아니어도 괜찮아요. 최선을 다해 이룬 것들을 당신 자신은 당연한 거라고 여기거나 외면하며 살았을지도 모릅니다. 원하던 것을 해낸 일, 결핍됐던 것을 채워본 경험, 포기하지 않은 사랑에 관하여, 두려웠지만 버티고 견뎌낸 일, 결과가 어찌됐던 열정을 다해 부딪혀 본 일, 남들이 칭찬하고 인정해주는 것, 갈등이나 장애물이 있었지만 자신을 위해 한 모든 일이 내 인생의 훌륭한 성취임을 알아주세요.

그리고 그 성취를 가능하게 했던 당신의 강점이나 힘을 찾아 인정하고 칭찬도 해주세요. 예를 들어 시작하면 끝을 보고 만다, 위기에 더 강해진다, 참고 견디는 건 자신 있다, 사교성이 좋다, 까탈스럽지 않고 무던하다, 갈등은 피하고 본다, 민감하고 예민하다, 야심 차고 열정이 많다 등 이런 것들이 모두 강점이자 자원이랍니다. 원하는 것을 이루고, 필요한 것을 취하고, 소중한 것을 지킬 수 있었다면 이 또한 당신의 성취입니다.

인지심리학에서는 자신의 긍정적인 경험이나 능력을 깎아

내리는 인지오류를 '긍정 격하'라고 합니다. 좋은 결과를 낸 건 운이 좋았거나 누구 덕분이라고 하면서 자신의 성과를 인정하지 않는 걸 말하지요. 그러니 너무 겸손하지 않았으면 좋겠어요. '내가 좀 과장했나?' '너무 미화한 건 아닌가?' 하고 내면의 검열자가 등장해 참견할 수 있는데, 검열자는 잠시 물리치고 그냥 쓰던 대로 계속하세요. 그래도 괜찮아요. 특히 교만함을 경계하고 살아온 당신이라면, 이참에 과감히 '자뻑'도 해보길 바랍니다. 뭐 어때요? 내 인생이잖아요. 글쓰기는 안전하답니다.

잘한 일을 짚어보는 이유는 내가 대단한 사람이라는 고양된 기분을 느끼려는 게 아니라 자신을 객관적으로 인식하기 위해서입니다. 나의 인생은 고통스럽기도 하고 행복하기도 하며, 실패와 실수도 많지만 그만큼 잘한 일도 많을 테니까요. 나는 약점이 많은 사람이지만 그 약점을 극복할 힘도 있어서 여기까지 살아왔을 테니까요. 당신이 이룬 것에 존경의 박수를 보내고, 앞으로 당신이 이루고자 하는 소망도 응원합니다.

목록 만들기

당신 삶에서 이루고 지켜낸 것들을 목록으로 작성해보세요. 연대표
를 다시 훑어봐도 좋습니다. 살펴보면 잘한 일, 자랑하고 싶은 일들이
새록새록 떠오를 거예요. 만족스러운 결과물, 성취한 것들에 대해 한
문장으로 적어본 후, 그것을 이루게 한 강점이나 힘은 무엇이었는지
도 꼭 찾아보세요.

예)

· 초등학교 때 백일장에서 우수상을 탔다.

· 대학 졸업과 동시에 취업에 성공했다.

· 경제적으로 매우 힘들었지만 내 집 마련에 성공했다.

· 정원을 아름답게 가꿨다.

· 그림 그리기 취미를 십 년 넘게 이어오고 있다.

· 평생 물이 무서웠지만 수영에 도전했다.

· 나 홀로 제주 한 달 살기를 했다.

· 한 우물 파며 명예롭게 정년퇴임 했다.

· 베스트드라이버가 됐다.

· 남편과 전국 일주를 했다.

· 부모교육코칭 자격증을 땄다.

· 늦깎이 학생으로 대학을 졸업했다.

나의 성취 목록

첫 번째 성취

잘한 일은?

그것을 이룬 강점이나 힘

두 번째 성취

잘한 일은?

그것을 이룬 강점이나 힘

세 번째 성취

잘한 일은?

그것을 이룬 강점이나 힘

잘한 일은?

그것을 이룬 강점이나 힘

잘한 일은?

그것을 이룬 강점이나 힘

나의　　　　　　　　첫 번째 성취

내 인생의 첫 번째 결실에 대해 써보세요. 시작이 반입니다. 이런 걸 써도 되나 싶은 바로 그것을 써보는 것도 좋아요. 자신 있게 지금 글쓰기에 뛰어드세요.

제목

글쓰기

1   그 당시 나에게 해주고 싶은 칭찬은?

2   이 성취가 내 삶에 미친 영향은?

3   글을 쓰면서 새롭게 알게 된 것은?

나의　　　　　두 번째 성취

두 번째 쓰고 싶은 자랑거리는 무엇인가요? 귀
를 쫑긋 세우고 호기심에 가득 찬 눈빛으로 당
신의 이야기를 듣고 싶어 하는 사람이 있다고
상상해보세요. 그는 당신을 참 좋아합니다. 그
에게 말하듯이 써보는 방법도 있답니다.

제목

글쓰기

거리 두고 보기

1 그 당시 나에게 해주고 싶은 칭찬은?

2 이 성취가 내 삶에 미친 영향은?

3 글을 쓰면서 새롭게 알게 된 것은?

나의　　　　　## 세 번째 성취

우리는 우리가 겪은 중요한 일에 목격자가 있기를 바랍니다. 당신이 바로 당신 삶의 목격자입니다. 당신이 잘한 일에 대해 소곤소곤 이야기하고 싶은가요? 큰 소리로 말하고 싶은가요? 지금 가슴이 시키는 그대로를 허락하세요.

제목

글쓰기

....

....

....

....

....

....

....

....

....

거리 두고 보기

1 그 당시 나에게 해주고 싶은 칭찬은?

2 이 성취가 내 삶에 미친 영향은?

3 글을 쓰면서 새롭게 알게 된 것은?

나의　　　　　　네 번째 성취

네 번째 잘한 일은 무엇인가요? 그 일을 가능
하게 한 조력자가 있었나요? 당신의 어떤 힘이
그 일을 가능하게 했나요? 너무 어렵게 생각하
지 말고, 단순하고 솔직하게 쓰세요.

제목

글쓰기

거리 두고 보기

1 그 당시 나에게 해주고 싶은 칭찬은?

2 이 성취가 내 삶에 미친 영향은?

3 글을 쓰면서 새롭게 알게 된 것은?

나의 　　　　다섯 번째 성취

당신 인생의 마지막 성취에 대해 쓸 시간입니
다. 지금까지 간신히 썼다 싶을 수도 있고, 더
쓰고 싶은 이야기가 생겼을지도 모르겠네요.
어쨌든 여기까지 왔다는 게 중요합니다. 이 점
도 꼭 칭찬해주세요. 마지막 글쓰기는 더욱 으
쓱으쓱하며 써보세요.

제목

글쓰기

거리 두고 보기

1 그 당시 나에게 해주고 싶은 칭찬은?

2 이 성취가 내 삶에 미친 영향은?

3 글을 쓰면서 새롭게 알게 된 것은?

나는 누구인가

삶이 결코 만만치 않았지만 그
럼에도 성장하고 성취한 당신을
만났을 겁니다. 당신이 쓴 글을
다시 읽으면서 표를 완성하세요.
전체적으로 조망하는 일이 어렵
게 느껴질 수 있습니다. 천천히
짧은 문장 또는 한두 개의 단어
로 표를 채워보세요. 다섯 번의
성취를 모두 정리했다면 작업한
표의 내용을 종합해서 〈전체 보
기〉를 완성해보세요.

글 제목

1

2

3

4

5

전체
보기

5개의 제목을 관통하는
하나의 제목

한눈에 보는 나의 성취

이 과정에 장애물은?	이 과정에서 발휘한 강점이나 힘은?	비슷한 과정을 겪는 후배에게 하고 싶은 한마디는?

무언가를 이루는 과정에서 나는 주로 어떤 장애물을 만났나?	내가 가진 강점과 힘을 한마디로 말하면?	인생 후배에게 전하고 싶은 한 문장의 말

당신은 어떤 사람입니까?
아래 문장의 빈칸을 채우세요.

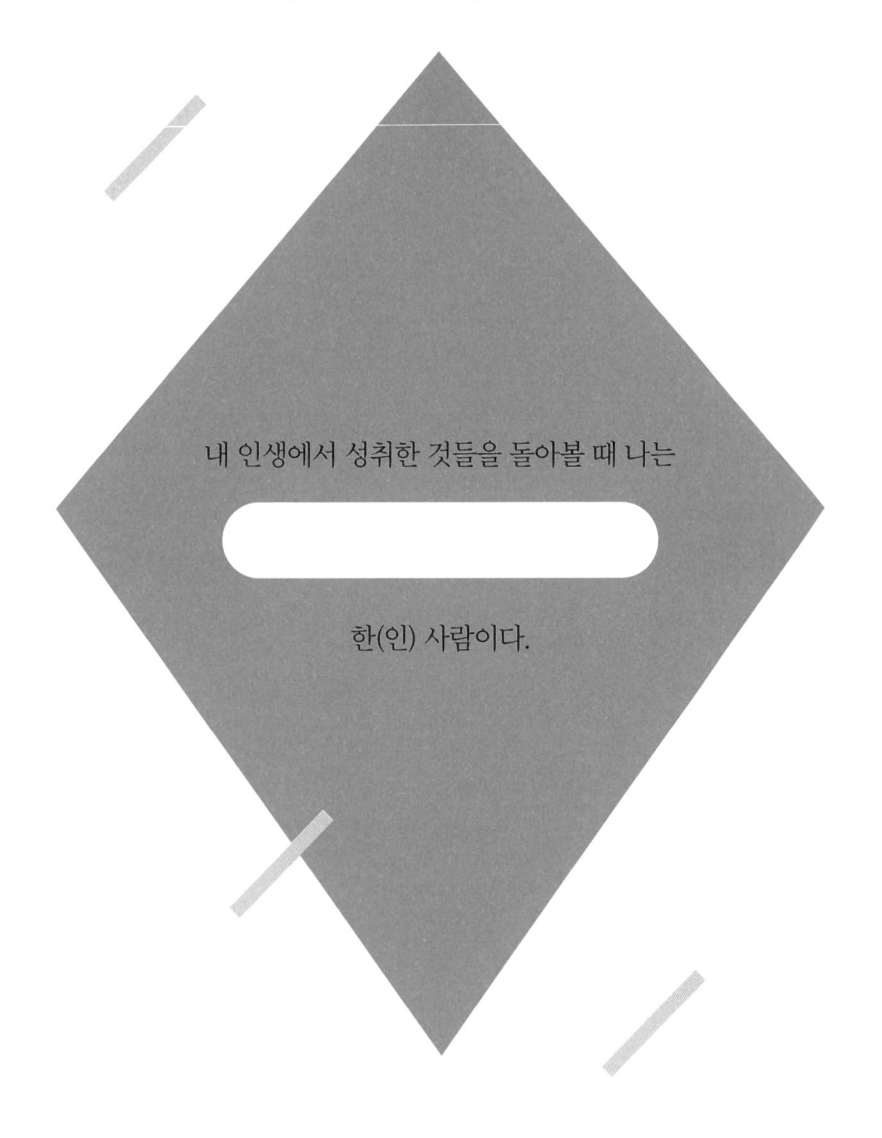

내 인생에서 성취한 것들을 돌아볼 때 나는

한(인) 사람이다.

왼쪽에 완성한 문장을 시작으로 자유롭게 글을 써보세요. 편지, 시, 에세이 등 어떤 형식도 좋습니다. 그림을 그리거나 콜라주 작업으로 페이지를 멋지게 꾸미는 것도 좋아요.

내 인생에서 성취한 것들을 돌아볼 때

나는 _____ 한(인) 사람이다.

Chapter 4

말

밤의 여행자, 낮

당신의 기억을 찬찬히 돌이켜보고 그 과정에서 자신에 관해 떠오르는 기억을 모두 인정하고 받아들여라. 그 기억은 당신이 정말 어떤 사람인지 말해줄 것이다.

이스마엘 베아 Ishmael Beah

부모란 자식에게 평생토록 막대한 영향력을 행사하는 존재입니다. 어린 시절은 말할 것도 없거니와 부모가 나이 들거나 돌아가셨더라도 성인이 된 우리 내면에 여전히 존재한다는 사실을 종종 확인하곤 합니다. 그분들의 삶의 방식이, 추구하던 가치가 우리 내면에 깊게 뿌리 내렸기 때문입니다.

부모의 이야기를 써보세요. 당신의 인생과 영혼에 깊은 흔적을 남긴 어머니, 그리고 아버지는 어떤 분입니까? 자식들에게 너른 품을 내주던 따뜻한 분인가요? 한없이 희생하던 분인가요? 가난 때문에 죽도록 고생만 하던 분인가요? 무심하고 냉정해서 자식들이 늘 정이 고픈 심정으로 살아야 했던 건 아닌가요? 불같은 감정으로 가족을 공포로 몰아넣던 분일 수도 있습니다. 이 글을 읽는 한 분 한 분이 저마다 다른 부모를 경험했을 겁니다. 심지어 같은 부모 밑에 태어난 형제자매도 서로 다르게 부모를 기억합니다. 그러고 보면 부모에 대한 느낌과 생각에는 어느 정도 자식의 주관적인 판단이 배어 있는 것 같습니다.

당신이 경험한 부모에 대해 있는 그대로 기록해보세요. 객관적으로 묘사하려고 애쓰지 마세요. 사랑하는 마음을 숨기지 말되 애써 미화할 필요도 없습니다. 부모의 영광을 기리려고 이 작업을 하는 게 아니니까요. 기억 속에 묻혀 있던 당신의 감정과 생각을 알아차리고, 글로 풀어내서 해소하기 위해 글을 쓰는 것입니다.

그 과정을 거치면 부모를 객관적으로 보는 일이 자연스럽게 가능해집니다. 부모를 한 인간으로서 바라보게 되는 거지요. 그분들이 어떤 고통과 삶의 짐을 짊어졌던가, 어떤 인간적 한계가 있었나, 세상을 어떻게 바라보고 인생의 문제를 어떤 방식으로 풀어왔나, 그분들이 느낀 두려움은 무엇이었을까, 자식인 나와는 어떻게 같고 또 무엇이 다른가, 내가 떠안은 부모의 짐은 무엇인가 등등을 말이지요.

만약 떠나간 부모를 그리워한다면 애도를 위해 당신의 마음을 표현하세요. 부모를 얼마나 사랑했는가, 얼마나 그리운가, 시시때때로 밀려오는 아프거나 아름다운 추억은 무엇인가, 당신의 상실감을 위로할 그 어떤 이야기여도 좋습니다. 미처 하지 못한 사랑의 말이 애타게 입안을 맴돌고 있다면 충분히 글로 쓰세요.

　부모와 관련한 일에 대해 쓸 땐 다른 가족들과 팩트 체크해 보세요. 부모님에게 직접 물어도 좋고, 부모님에 대해 잘 아는 주위 사람들에게 확인해도 좋습니다. 그 과정에서 당신이 몰랐던 많은 이야기가 드러날 거고 또 가족을 보는 시선은 더욱 온전해질 겁니다.

　주의할 점이 있습니다. 앞에서 말했듯 부모는 막강한 영향력을 가졌습니다. 부모에 대한 불편한 기억을 기록할 때 격한 감정을 느낀다면 잠시 글을 멈추고 기분전환을 하세요. 기분이 좋아지고 힘이 생길 때 다시 글쓰기로 돌아오세요. 부모님을 '그'나 '그녀' 등 제삼자로 묘사하거나 부모님의 이름을 주어로 사용하는 방법도 있습니다. '우리 아버지 김철규 씨' 또는 '철규 씨는' 이렇게 시작하는 겁니다. 까마득한 어른으로만 여겼던 부모를, 부모-자식 관계에서 벗어나 같은 성인으로 묘사하면 그만큼 담담해질 수 있고 반대로 한층 더 깊은 정감을 느낄 수도 있을 거예요.

목록 만들기

부모에 관한 글은 모두 여섯 편입니다. 먼저 글의 주제나 제목을 목록으로 정리해보세요. 이참에 부모의 출생부터 시작해서 일대기를 정리해보는 건 어떨까요? 그게 어렵다면 당신이 기억하는 부모의 모습을 시간순으로 기록해볼 수도 있습니다.

부모에 대해 주제별로 정리해보는 것도 흥미로울 거예요. 부모가 남긴 사랑의 말씀, 교훈, 마음의 상처, 어머니의 자부심이나 아버지의 열등감 등을요. 어머니가 만들어주던 추억의 음식이나 아버지가 주로 하던 집안일, 부모님의 독특한 생활습관이나 취미 같은 걸 써볼 수도 있습니다.

마지막 두 편은 어머니와 아버지에게 편지를 써보세요. 부모에게 미처 하지 못한 말을 편지에 담아보세요. 사죄나 감사의 마음을 담아도 좋고, 원망이나 하소연도 좋습니다.

예)   · 어머니/아버지의 살아온 인생

· 그분들의 죽음

· 그분들은 나에게 어떤 사람이었나?

· 그분들과의 추억

· 그분들이 내게 남긴 마음의 짐과 상처

· 그분들이 내게 남긴 교훈, 힘, 위로

· 잊지 못할 그분들의 말씀

· 농부였던 아버지의 사계절

· 어머니의 음식

부모 이야기 목록

첫 번째 부모 이야기

이 글의 주제나 제목은?

당신이 느끼는 감정은?

두 번째 부모 이야기

이 글의 주제나 제목은?

당신이 느끼는 감정은?

세 번째 부모 이야기

이 글의 주제나 제목은?

당신이 느끼는 감정은?

이 글의 주제나 제목은?

당신이 느끼는 감정은?

어머니 또는 아버지에게 보내는 편지

당신이 느끼는 감정은?

아버지 또는 어머니에게 보내는 편지

당신이 느끼는 감정은?

인생의 뿌리　　　첫 번째 부모 이야기

인생의 뿌리, 부모에 대한 첫 번째 이야기를
쓸 시간입니다. 지금 당신의 심정은 어떤가요?
어머니와 아버지 중에서 첫 번째 이야기의 주
인공은 누구인가요? 그 누구라도 좋습니다. 부
모를 찾아가는 당신의 여정을 응원합니다. 글
을 다 쓴 후에는 〈거리 두고 보기〉를 꼭 완성
하세요.

제목

글쓰기

거리 두고 보기

1 그 당시 어머니/아버지에 대한 나의 생각과 감정은?

2 그때 어머니/아버지가 내게 남겨준 것은?

3 어머니/아버지에게 하고 싶은 말은?

인생의 뿌리　　　두 번째 부모 이야기

_____

오늘 풀어낼 부모 이야기는 무엇입니까? 누구
의 이야기인가요? 두 번째 이야기를 쓰게 될 당
신의 심정은 어떻습니까? 오늘도 당신의 이야
기를 기다립니다.

제목

글쓰기

1   그 당시 어머니/아버지에 대한 나의 생각과 감정은?

2   그때 어머니/아버지가 내게 남겨준 것은?

3   어머니/아버지에게 하고 싶은 말은?

세 번째 부모 이야기

세 번째 부모 이야기는 무엇인가요? 그때 당신은 몇 살이었나요? 그리고 지금 당신은 어떤 기분입니까? 하고 싶은 이야기를 충분히 해보세요. 응원합니다.

제목

글쓰기

거리 두고 보기

1　그 당시 어머니/아버지에 대한 나의 생각과 감정은?

2　그때 어머니/아버지가 내게 남겨준 것은?

3　어머니/아버지에게 하고 싶은 말은?

네 번째 부모 이야기

글을 쓸수록 하고 싶은 이야기가 더 늘어나고 과거의 감정에 더 깊게 젖어듭니다. 지금 당신은 어떤가요? 부모 이야기의 절반을 넘어 이제 네 번째 부모 이야기를 쓸 차례입니다. 오늘은 아버지와 어머니 중에서 어느 분에 대해 글을 쓸 건가요?

제목

글쓰기

거리 두고 보기

1   그 당시 어머니/아버지에 대한 나의 생각과 감정은?

2   그때 어머니/아버지가 내게 남겨준 것은?

3   어머니/아버지에게 하고 싶은 말은?

인생의 뿌리　　　다섯 번째 부모 이야기

오늘은 부모에게 편지를 쓰는 날입니다. 어머니와 아버지 중에서 누구에게 먼저 편지를 쓸 건가요? 평생 하지 못했던 말을 편지에 담아보세요. 마음이 후련하도록 충분히 표현하세요. 편지 쓰기가 내키지 않는다면 당신이 쓰고 싶은 글을 써도 됩니다.

제목

글쓰기

거리 두고 보기

1 　그 당시 어머니/아버지에 대한 나의 생각과 감정은?

2 　그때 어머니/아버지가 내게 남겨준 것은?

3 　어머니/아버지에게 하고 싶은 말은?

인생의 뿌리　　　여섯 번째 부모 이야기

부모를 주제로 한 마지막 글쓰기이자 두 번째 편지 쓰기입니다. 아직 편지를 보내지 못한 부모님에게 글을 써보세요. 이번에도 부모에 대한 당신의 마음을 충분히 표현할 수 있기를 기대합니다. 편지 쓰기가 내키지 않는다면 당신이 쓰고 싶은 글을 써도 됩니다.

제목

글쓰기

1   그 당시 어머니/아버지에 대한 나의 생각과 감정은?

2   그때 어머니/아버지가 내게 남겨준 것은?

3   어머니/아버지에게 하고 싶은 말은?

나는 누구인가

마무리 단계까지 온 당신을 칭찬합니다. 이제 당신의 부모 이야기를 전체적으로 관조하는 시간입니다. 당신이 쓴 글을 차례로 읽으면서 표를 완성하세요. 〈거리 두고 보기〉를 참고하면 좋아요. 한눈에 파악할 수 있도록 짧은 문장 또는 한두 개의 단어로 간단하게 정리하세요. 여섯 번째 글까지 모두 정리했다면 표의 내용을 종합해서 〈전체 보기〉를 완성해보세요.

글 제목
1
2
3
4
5
6

전체 보기

6개의 제목을 관통하는
하나의 제목

한눈에 보는 나의 부모

그때 어머니/아버지에 대한 생각이나 감정	어머니/아버지가 남긴 것	어머니/아버지에게 하고 싶은 말
어머니/아버지에게 주로 느끼는 생각이나 감정 또는 생각과 감정의 변천사	어머니/아버지가 내게 남긴 가장 중요한 유산	어머니/아버지에게 꼭 하고 싶은 한 문장의 말

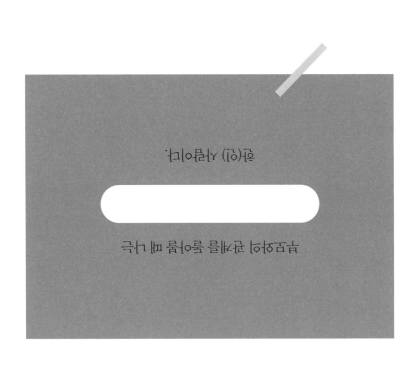

담담하게 감정을 통제할 때 나는

_____

한(인) 사람이다.

당신은 어떤 사람인가요?
아래 문장이 완성될 수 있도록 채우세요.

왼쪽에 완성한 문장을 시작으로 자유롭게 글을 써보세요. 편지, 시, 에세이 등 어떤 형식도 좋습니다. 그림을 그리거나 콜라주 작업으로 페이지를 멋지게 꾸미는 것도 좋아요.

부모와의 관계를 돌아볼 때

나는 _____ 한(인) 사람이다.

Chapter 5

매 이성형이

시물를

우리가 회고록에서 이야기하고자 하는 주제는 학교가 아니라 사람이다.
윌리엄 진저 William Zinsser

우리는 태어나 지금까지 많은 인연과 함께했고, 또 떠나보냈습니다. 그들 중에는 우리 마음속에 깊은 흔적을 남긴 이들이 있습니다. 도종환 시인은 이러한 인연을 두고 "몸 끝을 스치고, 마음을 흔들며 간 이는 몇이었을까"라고 표현했더군요. 잠깐 스쳤든 깊은 인연을 맺었든, 어쩌면 '나'라는 사람을 만든 건 내가 만난 수많은 인연일지 모릅니다.

이번에는 내 인생에서 만난 사람들에 대해 회고하고 기록해볼 거예요. 돌아보면 징한 인연이었다 싶기도 하고, 그리움이 올라올 수도 있고, 미안함이나 감사함이 커질 수도 있겠지요. 기억과 감정을 있는 그대로 받아들이면서 내가 어떤 길을 걸어왔는지 그동안 만나온 사람들을 통해 그윽이 돌아보는 시간이 되길 바랍니다.

당신 인생에 등장했던 인물에 대해 쓰다 보면 삶 하나하나에 다채로운 생명력이 움트게 될 거예요. 잊지 못할 첫사랑, 서먹해진 친구, 엄마처럼 보살펴준 언니, 나를 예뻐한 할머니, 뼈아픈 수치심을 안겨준 사람 등을 떠올려보세요. 한 인간으로서 그들은 어떤 개성을 지닌 사람이었는지 호기심 가득한 눈으로 살펴 써보세요.

그 사람들을 기록하는 이유는 두 가지입니다. 첫 번째는 그 사람과의 관계에 묻은 감정을 다시 느끼고 떠나보내기 위해서입니다. 충분히 느끼면 더 잘 보낼 수 있으니까요. 떠나보내면서 그 관계를 통해 얻은 교훈이 무엇인지 살펴보면 좋겠습니다. 두 번째는 나를 이해하기 위해서입니다. 나는 왜 그에게 끌렸는지, 그들이 남긴 것은 무엇이며 나는 그들에게 어떤 것을 주었는지 살펴보기 바랍니다. 그에 대한 생각이나 감정은 무엇이었는지, 내 삶에 미친 영향은 어떠한지 알게 될 거예요. 예를 들어, 어릴 적 딸이라서 오빠와 차별받은 경험으로 인해 유독 남성들과 투쟁하듯이 살아왔다는 것을 인정하게 된다거나, 포용력 있는 선배를 닮아가려 노력하면서 자신이 참 유연한 사람이 되었다는 걸 알게 되는 식이지요.

글을 쓰다 보면 등장인물과 겪었던 사건이나 그에 대한 감정이 사실일까 하는 의문이 올라오기도 합니다. 우리의 기억은

불완전하기 때문에 이 같은 걸림은 자연스러운 거예요. 기억의 한계를 지닌 채 현재의 내가 과거의 그 경험과 사람에 대해서 돌아보는 겁니다. 과거의 내가 그 사람과 어떻게 관계를 맺었고, 지금은 또 어떤 시선으로 그 사람과 경험을 바라보는지 아는 게 중요합니다.

다양한 글쓰기 기법을 활용해보세요. 마치 대본을 쓰듯이 상대와 가상의 대화를 나눠봐도 좋겠고요. 그에게 편지를 쓰거나 혹은 그가 나에게 편지를 보내오는 것처럼 쓸 수도 있습니다. 또는 그 사람이 당신에 대해 이야기하는 방식으로 써볼 수도 있습니다. 예를 들어 초등학교 담임선생님의 목소리로 나에 관한 이야기를 쓸 수도 있겠지요. 이 밖에도 당신이 더 좋은 방법을 생각해낼 수 있어요. 상상력을 발휘해보세요. 이 책의 주인공은 당신입니다.

목록 만들기

가장 먼저 떠오르는 사람은 누구인가요? 사랑했던 사람, 내게 큰 도움을 준 사람, 나를 성장시킨 선생님, 상처나 고통을 안겨준 사람, 처음으로 무언가를 같이한 사람, 인생의 전환점을 만들어준 사람, 어떤 친구나 이웃이 떠올랐을지도 모르겠네요. 유년기, 사춘기, 청년기, 성인기를 거쳐 최근까지 당신의 인생 전반에서 찾아보기를 권합니다. 사람마다 연상되는 단어나 문장을 설명글로 붙이면서 다섯 명의 인물을 추려보세요.

예)

· 동생: 집안에서 아군이자 친구, 내가 돌봐야 할 것 같은, 사치스러운

· 첫사랑: 재미있는, 회피하는, 사랑받는 느낌을 알게 해준

· 남편: 남에게 더 친절한, 화도 많고 눈물도 많은, 겉과 속이 같은

· ○○ 선생님: 따뜻한, 솔직한, 신앙이 깊은, 고상한, 연민이 많은

· 친구○○: 나를 작게 만드는, 경쟁심 강한, 속마음을 잘 모르

겠는, 노래 잘하는

· 할머니: 따뜻한, 잔잔한 목소리, 애교 가득한 경상도 말투

· 삼촌: 잔정 많은, 조폭 같은 외모, 장난꾸러기, 착한데 이죽거리는

· 라이벌○○: 모범생 스타일, 닮고 싶은데 질투도 나는, 세상

참 편하게 사는

· 선배○○: 마음씨 곱고 얼굴도 예쁜, 나를 귀한 사람으로 만

들어준, 사람들이 좋아하는

· 작은 언니: 요리를 잘하는, 동정심이 깊은, 여행을 좋아하는

내 인생의 사람들 목록

첫 번째 사람

누구인가?

이 사람을 설명하는 단어나 문장은?

두 번째 사람

누구인가?

이 사람을 설명하는 단어나 문장은?

세 번째 사람

누구인가?

이 사람을 설명하는 단어나 문장은?

누구인가?

이 사람을 설명하는 단어나 문장은?

누구인가?

이 사람을 설명하는 단어나 문장은?

내 인생의 첫 번째 사람

내 인생의 사람으로 선정된 첫 번째 인물은 누구인 가요? 어떤 시기에 만났나요? 그와 무슨 일을 겪었고, 서로 나눈 것은 무엇인가요? 제목에는 인물과 그를 연상할 때 떠오른 단어를 4~5개 정도 적어보세요. 목록에 쓴 것을 그대로 옮겨 쓰면 됩니다. 이제 첫 번째 인물을 만나보세요.

제목

글쓰기

거리 두고 보기

1 평생 그에 대해 가졌던 생각이나 감정은?

2 그가 나의 삶에 미친 영향은?

3 그에게 꼭 하고 싶은 말을 한 문장으로 줄인다면?

내 인생의　　두 번째 사람
_____

당신 삶에서 만난 좋거나 싫은 그와 그를 만난 당신 자신을 있는 그대로 수용하세요. 솔직하게 쓰기가 그 방법입니다. 써지는 대로 내버려 두세요. 자, 시작하세요.

제목

글쓰기

거리 두고 보기

1 평생 그에 대해 가졌던 생각이나 감정은?

2 그가 나의 삶에 미친 영향은?

3 그에게 꼭 하고 싶은 말을 한 문장으로 줄인다면?

내 인생의　세 번째 사람

세 번째 인물은 당신 인생에 어떤 흔적을 남겼나
요? 이번에는 어떤 글쓰기 기법을 활용하면 좋을까
요? 편지쓰기, 인터뷰하기, 그가 하는 독백 들어보
기 등 지금 당신에게 떠오른 그 방법으로 써보세요.

제목

글쓰기

거리 두고 보기

1 평생 그에 대해 가졌던 생각이나 감정은?

2 그가 나의 삶에 미친 영향은?

3 그에게 꼭 하고 싶은 말을 한 문장으로 줄인다면?

이번에 만날 사람은 당신에게 어떤 영향을 끼쳤고, 어떤 의미로 남았을까요? 그 사람을 향한 당신의 생각과 감정이 명확하게 드러나도록 쓸 때 그 의미를 알게 된답니다.

제목

글쓰기

거리 두고 보기

1 평생 그에 대해 가졌던 생각이나 감정은?

2 그가 나의 삶에 미친 영향은?

3 그에게 꼭 하고 싶은 말을 한 문장으로 줄인다면?

내 인생의　　　다섯 번째 사람

마지막 인물까지 글을 쓰면서 당신 자신에 대해 더
깊이 알게 되었나요? 내 삶에 고인 묵은 감정들을
흘러가게 하세요. 이야기할수록 가볍고 편안해집
니다. 글쓰기는 자신과 나누는 이야기입니다.

제목

글쓰기

거리 두고 보기

1 평생 그에 대해 가졌던 생각이나 감정은?

2 그가 나의 삶에 미친 영향은?

3 그에게 꼭 하고 싶은 말을 한 문장으로 줄인다면?

나는 누구인가

내 삶의 태도나 정신은 나만의 것이 아닙니다. 대개 가깝거나 중요한 사람들이 심어준 내용이지요. 이제 마무리 작업으로 인간관계를 통해 나의 정체성을 확인해보는 시간입니다. 다음의 표에 문장을 하나씩 채워가다 보면 어렵지 않게 알게 될 거예요. <거리 두고 보기>를 참고하면 좋아요. 다섯 번째까지 정리했다면 작업한 표의 내용을 종합해서 <전체 보기>를 완성해보세요.

사람(관계)
1
2
3
4
5

이들을 한마디로 표현하면?

전체 보기

한눈에 보는 내 인생의 사람들

그에 대한 당신의 생각과 감정은?	그에게 준 것은? (예: 외로움, 실망, 용기 등)	그에게서 받은 것은? (예: 감수성, 배신감, 사랑 등)
인간관계에서 내가 주로 느끼는 감정이나 생각은?	내가 사람들에게 주로 준 것은?	내가 사람들에게서 주로 받은 것은?

당신은 어떤 사람입니까?
아래 문장의 빈칸을 채우세요.

내 인생의 사람들을 돌아볼 때 나는

한(인) 사람이다.

왼쪽에 완성한 문장을 시작으로 자유롭게 글을 써보세요. 편지, 시, 에세이 등 어떤 형식도 좋습니다. 그림을 그리거나 콜라주 작업으로 페이지를 멋지게 꾸미는 것도 좋아요.

내 인생의 사람들을 돌아볼 때

나는_____ 한(인) 사람이다.

Chapter 6

명상 쓰기

이제까지는 당신이 외부 세상과 어떤 관계를 맺으며 살았는지 생각해보는 시간이었습니다. 열두 고비, 일상, 성취, 부모, 사랑은 모두 외부 세상에서 당신이 경험하거나 맞서 싸우거나 관계 맺은 이야기지요. 이제 마음의 역사를 기록할 차례입니다. 당신은 어떤 성격의 소유자인가요? 어떤 심리적인 또는 정신적인 경험을 하며 살아왔습니까?

겉으로 드러나는 모습보다 내면이 더 중요하다는 사실을 우리는 잘 알고 있습니다. 사람들은 성공한 사람보다 성숙한 인격의 소유자에게 더 존경심을 느낍니다. 세계에 대한 깊은 사랑, 생의 원리를 꿰뚫은 현자들에 주목하고 그들의 생각을 알고 싶어 합니다.

그런데 정작 자신의 마음에 대해선 관심을 두지 않습니다. 자신이 어떤 색을 띤 정신의 소유자인지 알고 싶어 하지 않습니다. 나는 불안감에 시달려, 욱하는 성격이야, 우울감이 내 인생을 망치고 있어, 난 왜 이렇게 자존감이 낮을까 같은 심리적인 문제에 매달려 전전긍긍하는 경우는 많지만 그건 자기 내면에 대한 전체적이고 통합적인 인식은 아닙니다.

욕구와 감정, 사고방식, 성격 유형을 비롯해 자아정체감, 자아존중감, 양육 철학, 가치관, 도덕관, 인간관, 예술적 감수성, 종교와 영성에 대한 생각과 태도 등이 모두 이 파트에서 다룰 내용입니다. 지금까지 수많은 경험을 하면서 알게 된 당신의 심리적 특성에는 무엇이 있습니까? 어려움을 극복하도록 하는 당신의 힘은 무엇입니까? 당신이 가장 자주 느끼는 감정은 무엇이며 언제부터 어떤 계기로 시작됐나요? 당신의 선택과 결정에는 어떤 가치관이 뿌리를 내리고 있나요? 당신이 존경하는 스승이나 영적 존재는 누구이며 어떤 점에서 그런가요?

다른 한편으로는 마음의 은밀하고 어두운 부분도 기록해보세요. 인간의 머리와 가슴엔 멋진 것만 채워진 건 아니니까요. 당신의 약점과 이기심에 대해서, 우울감과 열등감, 감정적 격동에 대해서도 이야기하세요. 선한 인간이 되기를 꿈꾸지만 다른 한켠에서는 개인적 욕망과 이기심, 질투, 경쟁심과 분노가 들끓어서 어찌할 바를 모르는 인간적 고뇌에 대해 써보세요.

한동안 '뇌섹녀', '뇌섹남'이라는 용어가 유행했습니다. 뇌가 섹

시한, 그러니까 머리가 좋고 생각이 멋진 남녀를 일컫는 말입니다. 그런데 진짜 멋진 정신의 소유자는 자기 내면의 빛과 그림자를 모두 아는 사람입니다. 나는 한때 큰 성공을 이뤘지만 참 교만했다, 많은 사람의 인정과 칭찬을 받았던 나의 긍정성과 낙천성은 사실 인생의 고통을 회피하고자 하는 태도 때문에 생긴 것이다, 세상으로 나아가는 게 늘 두렵고 비관적이었지만 그럼에도 꾸준히 세상과 만나려고 노력했던 성실성이 나를 여기에 이르게 했다 등으로 말입니다. 이렇게 내면의 밝은 면과 어두운 면을 두루 보여줄 때, 그런 사람이야말로 진정한 뇌섹남녀가 아닐까요?

한 가지 당부할 게 있습니다. 마음을 주제로 글을 쓸 때도 가능하면 현실의 에피소드로 시작하세요. 과거의 한 장면, 당신의 평소 행동이나 습관, 현재 삶의 풍경 등을 말이지요. 그렇게 해야 글이 현실감을 갖게 되고, 생각의 나열이 주는 공허함을 피할 수 있답니다.

이제 당신의 내면으로 여행을 떠나 당신이 보고 겪은 것을 글로 써보세요.

목록 만들기

마음의 역사에서는 모두 다섯 편의 글을 쓰게 됩니다. 당신의 정신적 차원을 이해하거나 표현하기 위해 어떤 주제로 글을 쓰면 좋을까요? 쓰고 싶은 주제를 목록으로 모두 적은 뒤 다섯 개의 주제만 선택하세요. 좀 더 깊이 있는 작업이 되도록 하나의 주제를 다섯 편의 글로 나누어 써봐도 좋습니다. 이제 당신이 쓰고 싶은 내용을 목록으로 정리해보세요.

예)
- 어린 시절부터 지금까지 내 성격의 변천사

- 일할 때 나 vs. 가족과 있을 때 나

- 내 성격 유형의 모든 것(MBTI, 에니어그램, DISC 등)

- 어려움을 만났을 때 나의 태도

- 삶의 갈림길에서 나의 선택

- 좋아하는 사람 vs. 싫어하는 사람

- 꿈의 변천사

- 내 책장을 메운 책의 종류 or 독서의 역사

- 종교의 변천사

- 내가 터득한 삶의 지혜

- 세상을 보는 나의 사고방식

- 내가 추구하는 가치

- 내가 본 영화 이야기

마음의 역사 목록

첫 번째 마음

글의 주제나 제목은?

이때가 언제쯤이지?

두 번째 마음

글의 주제나 제목은?

이때가 언제쯤이지?

세 번째 마음

글의 주제나 제목은?

이때가 언제쯤이지?

글의 주제나 제목은?

이때가 언제쯤이지?

글의 주제나 제목은?

이때가 언제쯤이지?

내면 여행　　첫 번째 마음 이야기

당신의 내면을 설명할 첫 번째 주제는 무엇입니까? 어떤 주제를 가장 먼저 쓰려는지 무척 궁금합니다. 자신의 내면을 밝히기 위해 펜을 든 당신을 응원합니다. 글을 다 쓴 후에는 〈거리 두고 보기〉를 꼭 완성하세요. 자신을 객관적으로 보는 데 도움이 됩니다.

제목

글쓰기

거리 두고 보기

1 이런 내면의 특성을 가지게 된 데는 어떤 영향이 있었나요?
  (예: 어머니나 아버지의 영향, 가족 내에서 나의 위치, 삶의 어떤 경험이나 계기 등)

2 이 글 속의 당신이 추구하는 신념이나 가치는?

3 나의 이런 내면은 ＿＿＿＿＿＿＿＿＿＿＿ 을 닮았다.
  (예: 어두운 보라색, 하늘을 나는 독수리, 들판에 핀 노란 들꽃, 깊은 산속의 커다란 바위 등)

두 번째 이야기는 어떤 주제로 풀어갈 건가요? 어떤 일과 관련이 있습니까? 그 일을 통해서 본 당신의 마음은 어떤 풍경을 가졌나요? 호기심을 갖고 글쓰기로 자신의 마음을 탐색해보세요. 파이팅!

제목

글쓰기

거리 두고 보기

1 이런 내면의 특성을 가지게 된 데는 어떤 영향이 있었나요?
   (예: 어머니나 아버지의 영향, 가족 내에서 나의 위치, 삶의 어떤 경험이나 계기 등)

2 이 글 속의 당신이 추구하는 신념이나 가치는?

3 나의 이런 내면은 _____ 을 닮았다.
   (예: 어두운 보라색, 하늘을 나는 독수리, 들판에 핀 노란 들꽃, 깊은 산속의 커다란 바위 등)

내면 여행 세 번째 마음 이야기

자신의 내면과 만나는 글을 쓸 때 당신은 어떤 느낌입니까? 마음을 밝히는 글쓰기를 벌써 세 번째로 시도하게 됐습니다. 어떤 이야기일지 궁금하네요. 오늘도 행복한 글쓰기를 이어가세요.

제목

글쓰기

거리 두고 보기

1 이런 내면의 특성을 가지게 된 데는 어떤 영향이 있었나요?
   (예: 어머니나 아버지의 영향, 가족 내에서 나의 위치, 삶의 어떤 경험이나 계기 등)

2 이 글 속의 당신이 추구하는 신념이나 가치는?

3 나의 이런 내면은 _____ 을 닮았다.
   (예: 어두운 보라색, 하늘을 나는 독수리, 들판에 핀 노란 들꽃, 깊은 산속의 커다란 바위 등)

마음을 기록하는 네 번째 시간입니다. 내면과 접촉하는 시간이 얼마 남지 않았네요. 이 작업을 통해 보다 객관적으로, 그리고 입체적으로 자신을 이해할 수 있기를 기대합니다. 오늘도 진지한 자기 탐색을 시작하세요.

제목

글쓰기

....

....

....

....

....

....

....

....

....

거리 두고 보기

1 이런 내면의 특성을 가지게 된 데는 어떤 영향이 있었나요?
(예: 어머니나 아버지의 영향, 가족 내에서 나의 위치, 삶의 어떤 경험이나 계기 등)

2 이 글 속의 당신이 추구하는 신념이나 가치는?

3 나의 이런 내면은 _____ 을 닮았다.
(예: 어두운 보라색, 하늘을 나는 독수리, 들판에 핀 노란 들꽃, 깊은 산속의 커다란 바위 등)

드디어 마지막 시간입니다. 오늘의 글쓰기 주제는

무엇인가요? 아마도 가장 중요하고 최종적인 내용

이겠지요? 마음을 발견하기 위한 마지막 글쓰기에

도전하는 당신을 응원합니다.

제목

글쓰기

....

....

....

....

....

....

....

....

....

거리 두고 보기

1 이런 내면의 특성을 가지게 된 데는 어떤 영향이 있었나요?

   (예: 어머니나 아버지의 영향, 가족 내에서 나의 위치, 삶의 어떤 경험이나 계기 등)

2 이 글 속의 당신이 추구하는 신념이나 가치는?

3 나의 이런 내면은 _____ 을 닮았다.

   (예: 어두운 보라색, 하늘을 나는 독수리, 들판에 핀 노란 들꽃, 깊은 산속의 커다란 바위 등)

나는 누구인가

마무리 단계까지 온 당신을 환영합니다. 당신이 쓴 글을 한 편씩 읽으면서 표를 완성하세요. 당신이 작성한 〈거리 두고 보기〉를 참고하면 도움이 될 겁니다. 다섯 편의 글을 모두 정리했다면 작업한 표의 내용을 종합해서 〈전체 보기〉를 채우세요. 한눈에 보기 좋게 짧은 한 줄 문장 또는 한두 개의 단어로 간단하게 정리하세요.

글 제목

1

2

3

4

5

다섯 편의 글을 하나로 묶는 전체 제목

전체 보기

한눈에 보는 마음의 역사

이런 생각을 하도록 영향을 준 사람이나 사건은?	내가 추구하는 신념이나 가치	이 정신적 특성을 상징물로 표현한다면?

나의 정신에 가장 큰 영향을 준 사람이나 사건	나의 주된 신념이나 가치	나의 주된 정신적 특성을 하나의 상징물로 표현한다면?

당신은 어떤 사람입니까?
아래 문장의 빈칸을 채우세요.

마음의 역사를 돌아볼 때 나는

한(인) 사람이다.

왼쪽에 완성한 문장을 시작으로 자유롭게 글을 써보세요. 편지, 시, 에세이 등 어떤 형식도 좋습니다. 그림을 그리거나 콜라주 작업으로 페이지를 멋지게 꾸미는 것도 좋아요.

마음의 역사를 돌아볼 때

나는 _____ 한(인) 사람이다.

Chapter 7

나는 이렇게 사랑한가

맘금리

이제까지 당신은 모두
여섯 파트의 글을 완성했고,
각 파트의 마무리 작업
'나는 누구인가'에서
반복해 자신을 정의했습니다.
각 파트의 마무리 작업 페이지를 펼쳐서
당신이 완성한 자기 정의를
이곳에 옮겨 적으세요.

100쪽 👉 내 인생의 열두 고비

열두 고비를 모두 넘은 나는

_____ 한(인) 사람이다.

132쪽 👉 사소하고도 아름다운 일상

사소하고도 아름다운 일상을 돌아볼 때 나는

_____ 한(인) 사람이다.

164쪽 👉 나의 성취

내 인생에서 성취한 것들을 돌아볼 때 나는

_____ 한(인) 사람이다.

200쪽 ☞ 인생의 뿌리, 부모

부모와의 관계를 돌아볼 때 나는

_____ 한(인) 사람이다.

232쪽 ☞ 내 인생의 사람들

내 인생의 사람들을 돌아볼 때 나는

_____ 한(인) 사람이다.

264쪽 ☞ 마음의 역사

마음의 역사를 돌아볼 때 나는

_____ 한(인) 사람이다.

앞에서 작성한 여섯 개의 문장을 하나로 줄여
최종적으로 자기 정의를 해보세요. 아래 문장의 빈칸을 채우세요.

당신은 어떤 사람입니까?

이 모든 나를 종합해볼 때 나는

한(인) 사람이다.

왼쪽에 작성한 문장을 시작으로 하는 글을 써보세요. 언제나 그랬던 것처럼
떠오르는 대로 자유롭게.

이 모든 나를 종합해볼 때

나는 _____ 한(인) 사람이다.

3부

미리 쓰는
It's My Life

10년 후에

지금까지 당신은 많은 노력을 들여
과거와 현재에 대해 기록했습니다.
그 작업을 거치니 이제 미래가 보이지 않나요?
10년 후에 어떤 삶을 살게 될지 이곳에 써보세요.
일종의 '아주 짧은 미래 인생책'입니다.

10년 후에 당신은 어떤 모습입니까?
어느 곳에서 무엇을 하며 살고 있을까요?
마음껏 상상의 나래를 펼친 뒤 글로 써보세요.
그때 입은 옷, 장소, 내 모습과 표정,
하는 일을 구체적으로 묘사해보세요.
구체적인 상상은 현실이 됩니다.

남겨진 이들에게

우리가 죽음의 길로 선뜻 들어서지 못하는
것은 남겨진 사람들 때문일 겁니다.
너무 사랑해서 놓기 싫은 이도 있고,
해결되지 않은 관계가 안타까워
서성이게 만드는 이도 있습니다.
떠나가는 사람이거나 떠나보내는 사람이거나
한결같이 느끼는 안타까움이 있습니다.
살아서 잘할걸,
살아 있을 때 모두 말해줄걸…….

인생을 더 잘 살기 위해서 유언장을 써보세요.
누구에게 유언장을 남길지
두 명의 대상을 정한 뒤 그들에게
하고 싶은 말을 충분히 쓰세요.
당신의 마음을 충분히 표현하세요.

To.

From.

To.

From.

미래에서 온 편지

세월이 많이 흘러 당신은 어느덧 100세의 노인이 되었습니다. 그동안 수많은 일을 겪었고 그 과정에서 부단히 자신의 내면을 돌보며 살았습니다. 그래서 당신은 누구보다 지혜롭고 평화로운 사람이 되었지요. 유난히 햇살이 따사로운 어느 날, 100세의 당신은 살아온 날들을 회상하다 문득 지금의 당신을 떠올리고 잔잔히 미소 짓습니다.

'그래, 내가 그때 내 인생을 기록하는 작업을 했더랬지. 참 열심이었고 아름다웠어. 그때의 나에게 용기를 주고 싶어.'

100세의 당신은 지금의 당신에게 편지를 쓰기 시작합니다. 그의 편지에는 격려와 사랑의 말이 담겨 있습니다. 지혜로운 사람은 훈계하거나 지적하기보다 지지하고 인정하는 말로 용기와 영감을 주지요.

자, 이제 지혜로운 100세의 노인이 되었다고 상상하면서 지금의 당신에게 편지를 써보세요.

To.

IT'S MY LIFE

나의 삶이 한 권의 책이 된다면

초판 1쇄 인쇄 2023년 4월 20일
초판 1쇄 발행 2023년 4월 30일

지은이 박미라 한경은
펴낸이 오혜영
디자인 온마이페이퍼
마케팅 한정원

펴낸곳 그래도봄
출판등록 제2021-000137호
주소 04051 서울시 마포구 신촌로2길 19, 316호
전화 070-8691-0072 **팩스** 02-6442-0875
이메일 book@gbom.kr
홈페이지 www.gbom.kr
블로그 blog.naver.com/graedobom
인스타그램 @graedobom.pub

ISBN 979-11-92410-16-6 03800
값 19,800원

03800
9 791192 410166

· 파본은 구입하신 서점에서 바꿔드립니다.
· 그래도봄은 저작권을 보호합니다. 저작권은 창의성을 촉진하고 다양한 목소리를 응원하며 언론의 자유를 장려하고 활기찬 문화를 만듭니다. 이 책의 정식 출간본을 구입해주세요. 저작권법을 준수하여 이 책의 전부 또는 일부를 허락 없이 어떤 형태로든 복제, 스캔, 배포하지 않는 여러분에게 감사드립니다.